荷花淀

HEHUADIAN
SUNLI

孙犁 著

天津人民出版社

图书在版编目（CIP）数据

荷花淀／孙犁著. —天津：天津人民出版社，
2010.10

（大家经典）

ISBN 978 – 7 – 201 – 06752 – 0

Ⅰ. ①荷… Ⅱ. ①孙… Ⅲ. ①小说 – 作品集 – 中国 –
现代　Ⅳ. ①I246

中国版本图书馆 CIP 数据核字（2010）第 193883 号

天津人民出版社出版

出版人：刘晓津

（天津市西康路 35 号　邮政编码：300051）

邮购部电话：(022)23332469

网址：http://www.tjrmcbs.com.cn

电子信箱：tjrmcbs@126.com

高等教育出版社印刷厂印刷　新华书店经销

2010 年 10 月第 1 版　2010 年 10 月第 1 次印刷

880×1230 毫米　32 开本　8.125 印张　1 插页

字数：150 千字

定　价：22.00 元

目录

目录

荷花淀

荷 花 淀

——白洋淀纪事之一

　　月亮升起来，院子里凉爽得很，干净得很，白天破好的苇眉子潮润润的，正好编席。女人坐在小院当中，手指上缠绞着柔滑修长的苇眉子。苇眉子又薄又细，在她怀里跳跃着。

　　要问白洋淀有多少苇地？不知道。每年出多少苇子？不知道。只晓得，每年芦花飘飞苇叶黄的时候，全淀的芦苇收割，垛起垛来，在白洋淀周围的广场上，就成了一条苇子的长城。女人们，在场里院里编着席。编成了多少席？六月里，淀水涨满，有无数的船只，运输银白雪亮的席子出口，不久，各地的城市村庄，就全有了花纹又密、又精致的席子用了。大家争着买：

　　"好席子，白洋淀席！"

　　这女人编着席。不久在她的身子下面，就编成了一大片。她像坐在一片洁白的雪地上，也像坐在一片洁白的云彩上。她有时望望淀里，淀里也是一片银白世界。水面笼起一层薄薄透明的雾，风吹过来，带着新鲜的荷叶荷花香。

　　但是大门还没关，丈夫还没回来。

　　很晚丈夫才回来了。这年轻人不过二十五六岁，头戴一顶大草帽，上身穿一件洁白的小褂，黑单裤卷过了膝盖，光着脚。他叫水生，小苇庄的游击组长，党的负责人。今天领着游击组到区上开会去来。女人抬头笑着问：

"今天怎么回来得这么晚？"站起来要去端饭。水生坐在台阶上说：

"吃过饭了，你不要去拿。"

女人就又坐在席子上。她望着丈夫的脸，她看出他的脸有些红涨，说话也有些气喘。她问：

"他们几个哩？"

水生说：

"还在区上。爹哩？"

女人说：

"睡了。"

"小华哩？"

"和他爷爷去收了半天虾篓，早就睡了。他们几个为什么还不回来？"

水生笑了一下。女人看出他笑得不像平常。

"怎么了，你？"

水生小声说：

"明天我就到大部队上去了。"

女人的手指震动了一下，想是叫苇眉子划破了手，她把一个手指放在嘴里吮了一下。水生说：

"今天县委召集我们开会。假若敌人再在同口安上据点，那和端村就成了一条线，淀里的斗争形势就变了。会上决定成立一个地区队。我第一个举手报了名的。"

女人低着头说：

"你总是很积极的。"

水生说：

"我是村里的游击组长，是干部，自然要站在头里，他们几个也报了名。他们不敢回来，怕家里的人拖尾巴。公推我代表，回来和家里人们说一说。他们全觉得你还开明一些。"

女人没有说话。过了一会儿，她才说：

"你走，我不拦你，家里怎么办？"

水生指着父亲的小房叫她小声一些。说：

"家里，自然有别人照顾。可是咱的庄子小，这一次参军的就有七个。庄上青年人少了，也不能全靠别人，家里的事，你就多做些，爹老了，小华还不顶事。"

女人鼻子里有些酸，但她并没有哭。只说：

"你明白家里的难处就好了。"

水生想安慰她。因为要考虑准备的事情还太多，他只说了两句：

"千斤的担子你先担吧，打走了鬼子，我回来谢你。"

说罢，他就到别人家里去了，他说回来再和父亲谈。

鸡叫的时候，水生才回来。女人还是呆呆地坐在院子里等他，她说：

"你有什么话嘱咐嘱咐我吧。"

"没有什么话了，我走了，你要不断进步，识字，生产。"

"嗯。"

"什么事也不要落在别人后面！"

"嗯，还有什么？"

"不要叫敌人汉奸捉活的。捉住了要和他拼命。"这才是那最重要的一句,女人流着眼泪答应了他。

第二天,女人给他打点好一个小小的包裹,里面包了一身新单衣,一条新毛巾,一双新鞋子。那几家也是这些东西,交水生带去。一家人送他出了门。父亲一手拉着小华,对他说:

"水生,你干的是光荣事情,我不拦你,你放心走吧。大人孩子我给你照顾,什么也不要惦记。"

全庄的男女老少也送他出来,水生对大家笑一笑,上船走了。

女人们到底有些藕断丝连。过了两天,四个青年妇女集在水生家里来,大家商量:

"听说他们还在这里没走。我不拖尾巴,可是忘下了一件衣裳。"

"我有句要紧的话得和他说说。"

水生的女人说:

"听他说鬼子要在同口安据点……"

"哪里就碰得那么巧,我们快去快回来。"

"我本来不想去,可是俺婆婆非叫我再去看看他,有什么看头啊!"

于是这几个女人偷偷坐在一只小船上,划到对面马庄去了。

到了马庄,她们不敢到街上去找,来到村头一个亲戚家里。亲戚说:你们来得不巧,昨天晚上他们还在这里,半夜里走了,谁也不知开到哪里去。你们不用惦记他们,听说水生一来就当了副排长,大家都是欢天喜地的……

几个女人羞红着脸告辞出来,摇开靠在岸边上的小船。现在已经快到晌午了,万里无云,可是因为在水上,还有些凉风。这风从南面吹过来,从稻秧苇尖上吹过来。水面没有一只船,水像无边的跳荡的水银。

几个女人有点失望,也有些伤心,各人在心里骂着自己的狠心贼。可是青年人,永远朝着愉快的事情想,女人们尤其容易忘记那些不痛快。不久,她们就又说笑起来了。

"你看说走就走了。"

"可慌(高兴的意思)哩,比什么也慌,比过新年,娶新——也没见他这么慌过!"

"拴马桩也不顶事了。"

"不行了,脱了缰了!"

"一到军队里,他一准得忘了家里的人。"

"那是真的,我们家里住过一些年轻的队伍,一天到晚仰着脖子出来唱,进去唱,我们一辈子也没那么乐过。等他们闲下来没有事了,我就傻想:该低下头了吧。你猜人家干什么?用白粉子在我家映壁上画上许多圆圈圈,一个一个蹲在院子里,托着枪瞄那个,又唱起来了!"

她们轻轻划着船,船两边的水哗,哗,哗。顺手从水里捞上一棵菱角来,菱角还很嫩很小,乳白色。顺手又丢到水里去。那棵菱角就又安安稳稳浮在水面上生长去了。

"现在你知道他们到了哪里?"

"管他哩,也许跑到天边上去了!"

她们都抬起头往远处看了看。

"唉呀!那边过来一只船。"

"唉呀！日本，你看那衣裳！"

"快摇！"

小船拼命往前摇。她们心里也许有些后悔，不该这么冒冒失失走来；也许有些怨恨那些走远了的人。但是立刻就想，什么也别想了，快摇，大船紧紧追过来了。

大船追得很紧。

幸亏是这些青年妇女，白洋淀长大的，她们摇得小船飞快。小船活像离开了水皮的一条打跳的梭鱼。她们从小跟这小船打交道，驶起来，就像织布穿梭，缝衣透针一般快。

假如敌人追上了，就跳到水里去死吧！

后面大船来得飞快。那明明白白是鬼子！这几个青年妇女咬紧牙制止住心跳，摇橹的手并没有慌，水在两旁大声的哗哗，哗哗，哗哗哗！

"往荷花淀里摇！那里水浅，大船过不去。"

她们奔着那不知道有几亩大小的荷花淀去，那一望无边际的密密层层的大荷叶，迎着阳光舒展开，就像铜墙铁壁一样。粉色荷花箭高高地挺出来，是监视白洋淀的哨兵吧！

她们向荷花淀里摇，最后，努力地一摇，小船窜进了荷花淀。几只野鸭扑棱棱地飞起，尖声惊叫，掠着水面飞走了。就在她们的耳边响起一排枪！

整个荷花淀全震荡起来。她们想，陷在敌人的埋伏里了，一准要死了，一齐翻身跳到水里去。渐渐听清楚枪声只是向着外面，她们才又扒着船帮露出头来。她们看见不远的地方，那宽厚肥大的荷叶下面，有一个人的脸，下半截身子长在水里。荷花变成人了？那不是我们的水生吗？又往左右看去，不久各人就找到了各人丈夫的脸，啊！原来是他们！

但是那些隐蔽在大荷叶下面的战士们，正在聚精会神瞄着敌人射击，半眼也没有看她们。枪声清脆，三五排枪过后，他们投出了手榴弹，冲出了荷花淀。

手榴弹把敌人那只大船击沉，一切都沉下去了。水面上只剩下一团烟硝火药气味。战士们就在那里大声欢笑着，打捞战利品。他们又开始了沉到水底捞出大鱼来的拿手戏。他们争着捞出敌人的枪支、子弹带，然后是一袋子一袋子叫水浸透了的面粉和大米。水生拍打着水去追赶一个在水波上滚动的东西，是一包用精致纸盒装着的饼干。

妇女们带着浑身水，又坐到她们的小船上去了。

水生追回那个纸盒，一只手高高举起，一只手用力拍打着水，好使自己不沉下去。对着荷花淀吆喝：

"出来吧，你们！"

好像带着很大的气。

她们只好摇着船出来。忽然从她们的船底下冒出一个人来，只有水生的女人认得那是区小队的队长。这个人抹一把脸上的水问她们：

"你们干什么去呀？"

水生的女人说：

"又给他们送了一些衣裳来！"

小队长回头对水生说：

"都是你村的？"

"不是她们是谁，一群落后分子！"说完把纸盒顺手丢在女人们船上,一泅,又沉到水底下去了,到很远的地方才钻出来。

小队长开了个玩笑,他说:

"你们也没有白来,不是你们,我们的伏击不会这么彻底。可是,任务已经完成,该回家去晒晒衣裳了。情况还紧得很!"

战士们已经把打捞出来的战利品,全装在他们的小船上,准备转移。一人摘了一片大荷叶顶在头上,抵挡正午的太阳。几个青年妇女把掉在水里又捞出来的小包裹,丢给了他们,战士们的三只小船就奔着东南方向,箭一样飞去了。不久就消失在中午水面上的烟波里。

几个青年妇女划着她们的小船赶紧回家,一个个像落水鸡似的。一路走着,因过于刺激和兴奋,她们又说笑起来,坐在船头脸朝后的一个噘着嘴说:

"你看他们那个横样子,见了我们爱搭理不搭理的!"

"啊,好像我们给他们丢了什么人似的。"

她们自己也笑了,今天的事情不算光彩,可是:

"我们没枪,有枪就不往荷花淀里跑,在大淀里就和鬼子干起来!"

"我今天也算看见打仗了。打仗有什么出奇,只要你不着慌,谁还不会趴在那里放枪呀!"

"打沉了,我也会浮水捞东西,我管保比他们水式好,再深点我也不怕!"

"水生嫂,回去我们也成立队伍,不然以后还能出门吗!"

"刚当上兵就小看我们,过二年,更把我们看得一钱不值了,谁比谁落后多少呢!"

这一年秋季,她们学会了射击。冬天,打冰夹鱼的时候,她们一个个蹲在流星一样的冰床上，来回警戒。敌人围剿那百顷大苇塘的时候，她们配合子弟兵作战，出入在那芦苇的海里。

一九四五年五月于延安

游击区生活一星期

平原景色

一九四四年三月里，我有机会到曲阳游击区走了一趟。在这以前，我对游击区的生活，虽然离得那么近，听见的也不少，但是许多想法还是主观的。例如对于"洞"，我的家乡冀中区是洞的发源地，我也写过关于洞的报告，但是到了曲阳，在入洞之前，我还打算把从繁峙带回来的六道木棍子也带进去，就是一个大笑话。经一事，长一智，这真是不会错的。

县委同志先给我大概介绍了一下游击区的情形，我觉得重要的是一些风俗人情方面的事，例如那时地里麦子很高了，他告诉我到那里去，不要这样说："啊，老乡，你的麦子长得很好啊！"因为"麦子"在那里是骂人的话。

他介绍给我六区农会的老李，这人有三十五岁以上，白净脸皮，像一个稳重的店铺掌柜，很热情，思想很周密，他把敞开的黑粗布破长袍揽在后面，和我谈话。我渐渐觉得他是一个区委负责同志，我们这几年是培养出许多这样优秀的人物来了。

我们走了一天一夜，第二天清晨到了六区边境，老李就说："你看看平原游击根据地的风景吧！"

好风景。

太阳照着前面一片盛开的鲜红的桃树林，四周围是没有边际的轻轻波动着就要挺出穗头的麦苗地。

从小麦的波浪上飘过桃花的香气，每个街口走出牛拖着的犁车，四处是鞭哨。

这是几年不见的风光，它能够引起年幼时候强烈的感觉。爬上一个低低的土坡，老李说："看看炮楼吧！"

我心里一跳。对面有一个像火车站上的水塔，土黄色，圆圆的，上面有一个伞顶的东西。它建筑在一个大的树木森阴的村庄边沿，在它下面就是出入村庄的大道。

老李又随手指给我，村庄的南面和东面不到二里地的地方，各有一个小一些的炮楼。老李笑着说：

"对面这一个在咱们六区是顶漂亮的炮楼，你仔细看看吧。这是敌人最早修的一个，那时咱们的工作还没搞好，叫他捞到一些砖瓦。假如是现在，他只能自己打坯来盖。"

面前这一个炮楼，确是比远处那两个高大些，但那个怪样子，就像一个阔气的和尚坟，再看看周围的景色，心里想这算是个什么点缀哩！这是和自己心爱的美丽的孩子，突然在三岁的时候，生了一次天花一样，叫人一看见就难过的事。

但老李慢慢和我讲起炮楼里伪军和鬼子们的生活的事，我也就想到，虽然有这一块疮疤，人们抗毒的血液却是加多了。

我们从一条绕村的堤埝上走过，离那炮楼越来越近，渐渐看得见在那伞顶下面有一个荷枪的穿黑衣服的伪军，望着我们。老李还是在前面扬长地走着，当离开远了的时候，他慢慢走，等我跟上说：

"他不敢打我们，他也不敢下来，咱们不准许他下来走动。"

接着他给我讲了一个笑话。

他说："住在这个炮楼上的伪军，一天喝醉了酒，大家打赌，谁敢下去到村里走一趟。一个司务长就说：他敢去，并且约下，要到'维持会'拿一件东西回来作证明。这个司务长就下来了，别的伪军在炮楼上望着他。司务长仗着酒胆，走到村边。这村的'维持会'以前为了怕他们下来捣乱，还是迁就了他们一下，设在这个街头的。他进了'维持会'，办公的人们看见他就说：'司务长，少见，少见，里面坐吧。'司务长一句话也不说，迈步走到屋里，在桌子上拿起一支毛笔就往外走。办公的人们在后面说：'坐一坐吧，忙什么哩？'司务长加快脚步就来到街上，办公的人们嬉笑着嚷道：'哪里跑！哪里跑！'

"这时从一个门洞里跳出一个游击组员，把手枪一扬，大喝一声：'站住！'照着他虚瞄一枪，砰的一声。

"可怜这位司务长没命地往回跑，把裤子也掉下来了，回到炮楼上就得了一场大病，现在还没起床。"

我们又走了一段路，在村庄南面那个炮楼下面走过，那里面已经没有敌人，老李说，这是叫我们打走了的。在这个炮楼里面，去年还出过闹鬼的事。

老李说：

"你看前面，那里原来是一条沟，到底叫我们给它平了。那时候敌人要掘围村沟，气焰可凶哩！全村的男女老少都抓去，昼夜不停地掘。有一天黄昏的时候，一个鬼子在沟里拉着一个年轻媳妇要强奸，把衣服全扯烂了。那年轻女人劈了那个鬼子一铁铲就往野地里跑，别的鬼子追她，把她逼得跳下一个大水车井。

"就在那天夜里，敌人上了炮楼，半夜，听见一种嗷嗷的声音，先是在炮楼下面叫，后来绕着炮楼叫。鬼子们看见在炮楼下面，有一个白色帐篷似的东西，越长越高，眼看就长到炮楼顶一般高了，鬼子是非常迷信的，也是做贼心虚，以为鬼来索命了。

"不久，那个逼着人强奸的鬼子就疯了，他哭着叫着，不敢在炮楼上住。他们的小队长在附近村庄请来一个捉妖的，在炮楼上摆香坛行法事，念咒捉妖，法师说：'你们造孽太大，受冤的人气焰太高，我也没办法。'再加上游击组每天夜里去袭击，他们就全搬到村头上的大炮楼上去住了。"

抗日村长

在路上有些耽误，那天深夜我们才到了目的地。

进了村子，到一个深胡同底叫开一家大门，开门的人说：

"啊！老李来了。今天消息不好，燕赵增加了三百个治安军。"

老李带我进了正房，屋里有很多人。老李就问情况。

情况是真的，还有"清剿"这个村子的风声，老李就叫人把我送到别的一个村子去，写了一封信给那村的村长。

深夜，我到了那个村子，在公事台（村里支应敌人的地方，人们不愿叫"维持会"，现在流行叫公事台）的灯光下，见到了那个抗日村长。他正在同一些干部商量事情，见我到了，几个没关系的人就走了。村长看过了我的介绍信，打发送我的人回去说：

"告诉老李，我负一切责任，让他放心好了。"

村长是三十多岁的人，脸尖瘦，眼皮有些肿，穿着一件白洋布大衫，白鞋白腿带。那天夜里，我们谈了一些村里的事，我问他为什么叫抗日村长，是不是还有一个伪村长。他说没有了。关于村长这个工作，抗战以后，是我们新翻身上来的农民干部做的，可是当环境一变，敌伪成天来来往往，一些老实的农民就应付不了这局面。所以有一个时期，就由一些在外面跑过的或是年老的办公的旧人来担任，那一个时期，有时是出过一些毛病的。渐渐地，才培养出这样的既能站稳立场，也能支应敌伪的新干部。但大家为了热诚的表示，虽然和敌人周旋，也是为抗日，习惯地就叫他们"抗日村长"。

抗日村长说，因为有这两个字加在头上，自己也就时时刻刻提醒自己的责任了。

不久我就从他的言谈上、表情上看出他的任务的繁重和复杂。他告诉我，他穿孝的原因是半月前敌人在这里驻剿，杀死了他年老的父亲，他要把孝穿到抗日胜利。

从口袋里他掏出香烟叫我吸，说这是随时支应敌人的。在游击区，敌人勒索破坏，人们的负担已经很重，我们不忍再吃他们的喝他们的，但他们总是这样说：

"吃吧，同志，有他们吃的，还没有你们吃的！你们可吃了多少，给人家一口猪，你们连一个肘子也吃不了。"

我和抗日村长谈这种心理，他说这里面没有一丝虚伪，却有无限苦痛。他说，你见到过因为遭横祸而倾家败产的人家吗！对他的亲爱的孩子的吃穿，就是这样的，就是这个心理。敌占区人民对敌伪的负担，想象不到的大，敌伪吃的、穿的、花的都是村里供给；并且伪军还有家眷，就住在炮楼下，这些女人孩子的花费，也是村里供给，连孩子们的尿布，女人的粉油都在内，我们就是他们的供给部。

抗日村长苦笑了，他说："前天敌人叫报告员来要猪肉、白菜、萝卜，我们给他们准备了，一到炮楼下面，游击小组就打了伏击，报告员只好倒提着空口袋到炮楼上去报告，他们又不敢下来，我们送不到有什么办法？"

抗日村长高声地笑了起来，他说："回去叫咱们的队伍来活动活动吧，那时候就够他们兔崽子们受，我们是连水也不给他们担了。有一回他们连炮楼上的泔水（洗锅水）都喝干了的。"

这时已快半夜，他说："你去睡觉吧，老李有话，今天你得钻洞。"

洞

可以明明告诉敌人，我们是有洞的。从一九四二年五月一日冀中大"扫荡"以后，冀中区的人们常常在洞里生活。在起初，敌人嘲笑我们说，冀中人也钻洞了，认为是他们的战绩。但不久他们就收起笑容，因为冀中平原的人民并没有把钻洞当成退却，却是当作新的壕堑战斗起来，而且不到一年又从洞里战斗出来了。

平原上有过三次惊天动地的工程，一次是拆城，二次是破路，三次是地道。局外人以为这只是本能的求生存的活动，是错误的。这里面有政治的精心积虑的设计、动员和创造。这创造由共产党的号召发动,由人民完成。人民兴奋地从事这样巨大精细的工程,日新月异,使工程能充分发挥作战的效能。

这工程是八路军领导人民共同来制造,因为八路军是以这地方为战争的基地,以人民为战争的助手,生活和愿望是结为一体的,八路军不离开人民。

回忆在抗战开始,国民党军队也叫人民在大雨滂沱的夏天,掘过蜿蜒几百里的防御工事,人民不惜斩削已经发红的高粱来构筑作战的堡垒;但他们在打骂奴役人民之后,不放一枪退过黄河去了。气得人们只好在新的壕沟两旁撒撒晚熟的秋菜种子。

一经比较,人民的觉悟是深刻明亮的。因此在拆毁的城边,纵横的道沟里,地道的进口,就流了敌人的血,使它污秽的肝脑涂在为复仇的努力创造的土地上。

言归正传吧,村长叫中队长派三个游击组员送我去睡觉,村长和中队长的联合命令是一个站高哨,一个守洞口,一个陪我下洞。

于是我就携带自己的一切行囊到洞口去了。

这一次体验,才使我知道"地下工作的具体情形",这是当我问到一个从家乡来的干部,他告诉我的话。我以前是把地下工作浪漫化了的。

他们叫我把棍子留在外间,在灯影里立刻有一个小方井的洞口出现在我的眼前。陪我下洞的同志手里端着一个大灯碗跳进去不见了。我也跟着跳进去,他在前面招呼我。但是满眼漆黑,什么也看不见,也迷失了方向。我再也找不到往里面去的路,洞上面的人告诉我蹲下向北进横洞。我用脚探着了那横洞口,我蹲下去,我吃亏个子大,用死力也折不到洞里去,急得浑身大汗,里面引路的人又不断催我,他说:"同志,快点吧,这要有情况还了得。"我像一个病猪一样"吭吭"地想把头塞进洞口,也是枉然。最后才自己创造了一下,重新翻上洞口来,先使头着地,栽进去,用蛇行的姿势入了横洞。

这时洞上面的人全笑起来,但他们安慰我说,这是不熟练,没练习的缘故,钻十几次身子软活了就好了。

钻进了横洞,就看见带路人托引着灯,焦急地等我。我向他抱歉,他说这样一个横洞你就进不来,里面的几个翻口你更没希望了,就在这里打铺睡吧!

这时我才想起我的被物,全留在立洞的底上横洞的口上,他叫我照原姿势退回去,用脚尖把被子和包袱钩进来。

当我试探了半天,才完成了任务的时候,他笑了,说:"同志,你看敌人要下来,我拿一支短枪在这里等他(他说着从腰里掏出手枪顶着我的头),有跑吗?"

我也滑稽地说:"那就像胖老鼠进了细腰蛇的洞一样,只有跑到蛇肚子里。"

这一夜,我就是这样过去了。第二天上面叫我们吃饭,出来一看,已经红日三竿了。

村　外

过了几天,因为每天钻,有时钻三次四次,我也到底能够进到洞的腹地;虽然还是那样潮湿气闷,比较起在横洞过夜的情景来,真可以说是别有洞天了。

和那个陪我下洞的游击组员也熟识了,那才是一个可亲爱的好青年，好农民，好同志。他叫三槐，才十九岁。

我就长期住在他家里，他有一个寡母，父亲也是敌人前年"扫荡"时被杀了的，游击区的人们，不知道有多少人负担着这种仇恨生活度日。他弟兄三个。大哥种地，有一个老婆；二哥干合作社，跑敌区做买卖，也有一个老婆；他看来已经是一个职业的游击组员，别的事干不了多少了，正在年轻，战争的事占了他全部的心思，也不想成亲。

我们俩就住在一条炕上，炕上一半地方堆着大的肥美的白菜。情况紧了，我们俩就入洞睡，甚至白天也不出来，情况缓和，就"守着洞口睡"。他不叫我出门，吃饭他端进来一同吃，他总是选择最甜的有锅巴的红山药叫我吃，他说："别出门，也别叫生人和小孩子们进来。实在闷的时候我带你出去遛遛去。"

有一天，我实在闷了，他说等天黑吧，天黑咱们玩去。等到天黑了，他叫我穿上他大哥的一件破棉袍，带我到村外去，那是大平原的村外，我们走在到菜园去的小道上，在水车旁边谈笑，他割了些韭菜，说带回去吃饺子。

在洞里闷了几天，我看见旷野像看见了亲人似的，我愿意在松软的土地上多来回跑几趟，我愿意对着油绿的禾苗多呼吸几下，我愿意多看几眼正在飘飘飞落的雪白的李花。

他看见我这样，就说："我们唱个歌吧，不怕。冲着燕赵的炮楼唱，不怕。"

但我望着那不到三里远的燕赵的炮楼在烟雾里的影子，我没有唱。

守 翻 口

那天我们正吃早饭,听见外面一声乱,中队长就跑进来说,敌人到了村外。三槐把饭碗一抛,就抓起我的小包裹,他说:"还能跑出去吗?"这时村长跑进来说:"来不及了,快下洞!"

我先下,三槐殿后,当我爬进横洞,已经听见抛土填洞的声音,知道情形是很紧的了。

爬到洞的腹地的时候,已经有三个妇女和两个孩子坐在那里,她们是从别的路来的,过了一会儿,三槐进来了,三个妇女同时欢喜地说:

"可好了,三槐来了。"

从这时,我才知道三槐是个守洞作战的英雄。三槐告诉女人们不要怕,不要叫孩子们哭,叫我和他把枪和手榴弹带到第一个翻口去把守。

爬到那里,三槐叫我闪进一个偏洞,把手榴弹和子弹放在手边,他就按着一把雪亮的板斧和手枪伏在地下,他说:

"这时候,短枪和斧子最顶事。"

不久,不知道从什么方向传过来一种细细的嘤嘤的声音,说道:

"敌人已经过村东去了,游击组在后面开了枪,看样子不来了,可是你们不要出来。"

这声音不知道是从地下发出来,还是从地上面发出来,像小说里描写的神仙的指引一样,好像是从云端上来的,又像是一种无线电广播,但我又看不见收音机。

三槐告诉我:"抽支烟吧,不要紧了,上回你没来,那可危险哩。

　　"那是半月前,敌人来'清剿',这村住了一个营的治安军,这些家伙,成分很坏,全是汉奸汪精卫的人,和我们有仇,可凶狠哩。一清早就来了,里面还有内线哩,是我们村的一个坏家伙。敌人来了,人们正钻洞,他装着叫敌人追赶的样子,在这个洞口去钻钻,在那个洞口去钻钻,结果叫敌人发现了三个洞口。

　　"最后也发现了我们这个洞口,还是那个家伙带路,他又装着蒜,一边嚷道:'咳呀,敌人追我!'就往里面钻,我一枪就把他打回去了。他妈的,这是什么时候,就是我亲爹亲娘来破坏,我也得把他打回去。

　　"他跑出去,就报告敌人说,里面有八路军,开枪了。不久,院子里就开来很多治安军,一个自称是连长的在洞口大声叫八路军同志答话。

　　"我就答话了:'有话你说吧,听着哩。'

　　"治安军连长说:'同志,请你们出来吧。'

　　"我说:'你进来吧,炮楼是你们的,洞是我们的。'

　　"治安军连长说:'我们已经发现洞口,等到像倒老鼠一样,把你们掘出来,那可不好看。'

　　"我说:'谁要不怕死,谁就掘吧。我们的手榴弹全拉出弦来等着哩。'

　　"治安军连长说:'喂,同志,你们是哪部分?'

　　"我说:'十七团。'

　　"这时候三槐就要和我说关于十七团的威望的事,我说我全知道,那是我们冀中的子弟兵,使敌人闻名丧胆的好兵团,是我们家乡的光荣子弟。三槐就又接着说：

"当时治安军连长说：'同志，我们是奉命令来的，没有结果也不好回去交代。这样好不好，你们交出几支枪来吧。'

"我说：'八路军不交枪，你们交给我们几支吧，回去就说叫我们打回去了，你们的长官就不怪罪你们。'

"治安军连长说：'交几支破枪也行，两个手榴弹也行。'

"我说：'你胡说八道，死也不交枪，这是八路军的传统，我们不能破坏传统。'

"治安军连长说：'你不要出口伤人，你是什么干部？'

"我说：'我是指导员。'

"治安军连长说：'看你的政治，不信。'

"我说：'你爱他妈的信不信。'

"这一骂，那小子恼了，他命令人掘洞口，有十几把铁铲掘起来。我退了一个翻口，在第一个翻口上留了一个小西瓜大小的地雷，炸了兔崽子们一下，他们才不敢往里掘了。那个连长又回来说：'我看你们能跑到哪里去？我们不走。'

"我说：'咱们往南在行唐境里见，往北在定县境里见吧。'

"大概他们听了没有希望，天也黑了，就撤走了。

"那天，就像今天一样，有我一个堂哥给我帮手，整整支持了一天工夫哩。敌人还这样引诱我，你们八路军是爱护老百姓的，你们不出来，我们就要杀老百姓，烧老百姓的房子，你们忍心吗？

"我能上这一个洋当？我说：'你们不是治安军吗，治安军就这样对待老百姓吗？你们忍心吗？'"

最后三槐说："我们什么当也不能上，一上当就不知道要死多少人。那天钻在洞里的女人孩子有一百多个，听见敌人掘洞口,就全聚到这个地方来了,里面有我的母亲,婶子大娘们,有嫂子侄儿们,他们抖颤着对我讲:三槐,好好把着洞口,不要叫鬼子进来,你嫂子大娘和你的小侄儿们的命全交给你了。

"我听到这话,眼里出了汗,我说:'你们回去坐着吧,他们进不来。'那时候在我心里,只要有我在,他狗日的们就进不来,就是我死了,他狗日的们还是进不来。我一点儿也不害怕。我说话的声音一点也不抖,那天嘴也灵活好使了。"

人民的生活情绪

有一天早晨,我醒来,天已不早了,对间三槐的母亲已经嗡嗡地纺起线来。这时进来一个少妇在洞口喊:"彩绫,彩绫,出来吧,要去推碾子哩。"

她叫了半天,里面才答应了一声,通过那弯弯长长的洞,还是那样娇嫩的声音:"来了。"接着从洞口露出一顶白毡帽,但下面是一张俊秀的少女的脸,花格条布的上衣,跳出来时,脚下却是一双男人的破棉鞋。她坐下,把破棉鞋拉下来,扔在一边,就露出浅蓝色的时样的鞋来,随手又把破毡帽也摘下来,抖一抖墨黑柔软的长头发,站起来,和她嫂子争辩着出去了。

她嫂子说:"人家喊了这么半天,你聋了吗?"

她说:"人家睡着了么。"

嫂子说:"天早亮了,你在里面没听见晨鸡叫吗?"

她说:"你叫还听不见,晨鸡叫就听见了?"姑嫂两个说笑着走远了。

我想,这就是游击区人民生活的情绪,这个少女是在生死交关的时候也还顾到在头上罩上一个男人的毡帽,在脚上套上一双男人的棉鞋,来保持身体服装的整洁。

我见过当敌人来了,女人们慌惶的样子,她们像受惊的鸟儿一样向天空突飞。一天,三槐的二嫂子说:"敌人来了能下洞就下洞,来不及就得飞跑出去,把吃奶的力量拿出来跑到地里去。"

我见过女人这样奔跑,那和任何的赛跑不同,在她们的心里可以叫前面的、后面的、四面八方的敌人的枪弹射死,但她们一定要一直跑出去,在敌人的包围以外,去找生存的天地。

当她们逃到远远的一个沙滩后面,或小丛林里,看着敌人过去了,于是倚在树上,用衣襟擦去脸上的汗,头发上的尘土,定定心,整理整理衣服,就又成群结队欢天喜地地说笑着回来了。

一到家里,大家像没有刚才那一场出生入死的奔跑一样,大家又生活得那样活泼愉快,充满希望,该拿针线的拿起针线来,织布的重新踏上机板,纺线的摇动起纺车。

而跑到地里去的男人们就顺便耕作,到中午才回家吃饭。

在他们,没有人谈论今天生活的得失,或是庆幸没死,他们是:死就是死了,没死就是活着,活着就是要欢乐的。

假如要研究这种心理,就是他们看得很单纯,而且胜利的信心最坚定。因为接近敌人,他们更把胜利想得最近,知道我们不久就要反攻了,而反攻就是胜利,最好是在今天,在这一个月里,或者就在今年,扫除地面上的一切悲惨痛苦的痕迹,立刻就改变成一个欢乐的新天地。所以胜利在他们眼里距离最近,而那果实也最鲜明最大。也因为离敌人最近,眼看到有些地方被敌人剥夺埋葬了,但六七年来共产党和人民又从敌人手中夺回来,努力创造了新的生活,因而就更珍爱这个新的生活,对它的长成也就寄托更大的希望。对于共产党的每个号召，领导者的每张文告，也就坚信不移，兴奋地去工作着。

由胜利心理所鼓舞，他们的生活情绪，就是这样。每个人都是这样。村里有一个老泥水匠，每天研究掘洞的办法，他用罗盘、水平器，和他的技术、天才和热情来帮助各村改造洞。一个盲目的从前是算卦的老人，编了许多"劝人方"，劝告大家坚持抗战，他有一首四字歌叫《十大件》，是说在游击区的做人道德的。有一首《地道歌》确像一篇"住洞须知"，真是家喻户晓。

最后那一天，我要告别走了，村长和中队长领了全村的男女干部到三槐家里给我送行。游击区老百姓对于抗日干部的热情是无法描写的，他们希望最好和你交成朋友，结为兄弟才满意。

仅仅一个星期，而我坦白地说，并没有能接触广大的实际，我有好几天住在洞里，很少出大门，谈话的也大半是干部。

但是我感触了上面记的那些，虽然很少，很简单，想来，仅仅是平原游击区人民生活的一次脉搏的跳动而已。

我感觉到了这脉搏，因此，当我钻在洞里的时间也好，坐在破炕上的时间也好，在菜园里夜晚散步的时间也好，我觉得在洞口外面，院外的街上，平铺的翠绿的田野里，有着伟大、尖锐、光耀、战争的震动和声音，昼夜不息。生活在这里是这样充实和有意义，生活的经线和纬线，是那样复杂、坚韧。生活由战争和大生产运动结合，生活由民主建设和战斗热情结合，生活像一匹由坚强意志和明朗的智慧织造着的布，光彩照人，而且已有七个整年的历史了。

并且在前进的时候，周围有不少内奸特务，受敌人、汉奸、独裁者的指挥，破坏人民创造出来的事业，乱放冷箭，使像给我们带路的村长,感到所负责任的沉重和艰难了。这些事情更激发了人民的智慧和胆量。有人愿意充实生活,到他们那里去吧。

回来的路上

回来的路上我们人多了,男男女女有十几个人,老李派大车送我们,女同志坐在车上,我们跟在后面。我们没有从原路回去,路过九区。

夜里我们到了一个村庄,这个村庄今天早晨被五个据点的敌人包围,还抓走了两个干部,村里是非常惊慌不定的。

带路的人领我们到一所空敞的宅院去,他说这是村长的家,打门叫村长,要换一个带路的。

他低声柔和地叫唤着。原来里面有些动静,现在却变得鸦雀无声了,原来有灯光现在也熄灭了。我们叫女同志去叫:

"村长,开门来吧! 我们是八路军,是自己的人,不要害怕。"过了很久才有一个女人开门出来,她望了望我们说:"我们不是村长,我们去年是村长,我家里的男人也逃在外面去了,不信你们进去看看。"

我猜想:看也是白看,男的一定躲藏了,而且在这样深更半夜,也没法对这些惊弓之鸟解释。但是我们的女同志还是向她说。她也很能说,那些话叫人听来是:这些人是八路军就能谅解她,是敌人伪装,也无懈可击。

结果还是我们女同志拿出各种证明给她看,讲给她听,她才相信,而且热情地将我们的女同志拉到她家里去了。

不久她的丈夫陪着我们的女同志出来,亲自给我们带路。

在路上他给我说，这两天村里出了这样一件事：

连着两天夜里，都有穿着八路军绿色新军装的人到年轻女人家去乱摸，他们脸上包着布，闹得全村不安，女人看见一个黑影也怪叫起来，大家都惊疑不定，说着对八路军不满的话。但是附近村庄又没有驻着八路军，也没有过路军队驴在村里，这些不规矩的八路军是哪儿来的呢？

前天晚上就闹出这样的事来了。村妇救会缝洗组长的丈夫半夜回到家里，看见一个男人正压在他的女人身上。他呐喊一声，那个男人赤身逃走。他下死手打他的女人，女人也哭叫起来：

"你个贼啊！你杀人的贼啊，你行的好事，你穿着那绿皮出去了，这村里就你一个人有这样装裹啊。我睡得迷迷糊糊，我认定是你回来了，这你能怨我呀！你能怨我呀！我可是站得正走得稳的好人呀！天啊！这是你行的好事啊！……"

带路的人接着说："这样四邻八家全听得清清楚楚，人们才明白了。前几天区里交来的几套军装，说是上级等用，叫缝一下扣子，我就交给缝洗组长了。她的丈夫是个坏家伙，不知道和什么人勾结，尽想法破坏我们的工作，这次想出这样的办法来破坏我们的名誉，谁知道竟学了三国孙权，赔了夫人又折兵，他自己也不敢声张了。

"他不声张我可不放松。我照实报告了区里，我说他每天夜里穿着八路军的军服去摸女人，破坏我们子弟兵的威信。区里把他传去了。至于另外那一个，是他的同伙，倒了戈回来搞了朋友的女人，不过我不管他们的臭事，也把他送到区里了。

"同志你看村里的事多么复杂，多么难办？坏人心术多么毒？

　　"他们和敌人也有勾结，我们头一天把他们送到区里，第二天五个据点的敌人就包围了我们的村庄，还捉去了两个干部。"

　　"同志，要不是你们到了，连门也不敢开啊。这要请你们原谅，好在大家都了解我的困难……"

　　送过了封锁沟墙，这路我们已经熟悉，就请他回去了。第二天我们到了县里，屈指一算，这次去游击区连来带去，整整一个星期。

　　　　　　　　　　　　　　　　　　一九四四年于延安

村 落 战

　　是个阴天,刮着点西北风。天发亮,敌人两辆铁甲汽车,装着五十多个鬼子,配合着二十匹马队,路过阎家集,向五柳庄方面进攻。

　　汽车走得很慢,活像乡下的老牛破车,马队不得不紧紧提着缰绳,不然马就跑过汽车去了。一来是道儿不好走,坑坑凹凹,二来是怕地雷。走得虽然很慢,威风却尽量施展,汽车一路呜呜乱叫,离五柳庄还有二里地,汽车就停住,马匹散开,鬼子下车,伏在两旁沟里,向村里开炮。村里没有动静,堤坡上的柳树正在迎风摇摆。

　　鬼子重新上车上马,望着村里走,村里真是一点动静也没有,街口也没有一个人。这时鬼子的马队像飞一样,向村南村北包剿下去,汽车还是一步一步往街里开,鬼子们紧紧贴着车厢端着枪望着前面,这时已经走到大街里,街道窄了,两旁全是大户人家的高房、墙垛口,临街更楼。汽车一路走着,呜呜地叫,两边的高墙,就发出呜呜的回声。看看快到了十字街口,忽然从路北一家梢门里拐出一辆牛车,那匹老黄牛,拉着多半车烂砖头,一看见汽车过来,它就横在街上不动了。前头一辆汽车站住,三个鬼子往下跳，刚刚跨到车皮上，就看见一个小小的黑东西从天空飞下来，像燕子掠水一样，扑到车厢里——"轰！"

汽车跳了三尺来高，跨在车皮上的三个鬼子翻到外面去了，车厢里就全部开了花。这时从两边高房的更楼上，手榴弹接二连三甩下来，机关枪向后面那辆汽车射击，那辆汽车拼命往后退，退，退。鬼子们从车上跳下来往回跑，一到村外，就伏在堤坡后面去了。

鬼子重新布置着向村里开炮，马队配合着向村里开枪，可是村里又没有一点动静了。

连长柳英华就站在街当中路南高升店房上。身边有两个通讯员，一班战士，一挺轻机枪。一个头发黑黑的，穿一件干净利落的黑色短夹袄的孩子正趴在垛口上，往下看炸毁了的汽车和一地的死鬼，那是小星。英华告诉通讯员，去通知村里的游击组，找空子往外撤，去打马队的屁股；他又对小星说：

"小星，你也和他们撤出去吧，过一会儿情况会紧急。"

小星回过头来说：

"我不去，我和你在一块吧，我道路熟。"

通讯员房跳房地告诉了游击组长新月，新月打一声呼哨，两边房上的游击组就跟他跳下房来，在下面院子里集合好，提着枪，冲到街上。新月提着盒子枪走在前面，贴着墙根往西走，路过那坏了汽车的地方，新月招呼着人们，捡起一些武器，往南一拐，从一条小胡同走了。

高升店是五柳庄街上最高的房子，在上面可以控制村子的东西两面。英华伏在一个垛口后面，不久就看见又有三辆汽车从阎家集那边开过来，埋伏在阎家集村边的我们的队伍，向汽车开了枪,汽车没命地冲过来,奔着五柳庄,在那破坏过的汽车路上,一颠一窜地跑。这三辆比刚才那两辆开得快多了,先头的给它们踏好了道,没有地雷,放心走吧。

可是一到村边,"轰"的一声,前头一辆像受惊的马一样,打了个立桩,车上的鬼子全飞了出来,跌到三丈开外才落地。后面两辆一时停不住,闯上去,这样一来三辆汽车就成了一个弓腰桥一样,车上的鬼子像掷骰子一样在车厢里乱碰乱撞起来。

英华看见汽车炸翻,倒吃了一惊,他纳闷:是谁这样手快去埋上雷?

小星说:

"一准是青元,别人手有这样快,也没有这个胆量。"

村外敌人的炮火很猛,好像已经发现这座高房是目标了。英华叫把机枪往两边转移一下,离开那小小的更楼,又叫小星监视着南北两个街口。

炮弹不断在高房周围落,炸塌了几间房,敌人几次想从东街口冲进来,我们的机枪就安在垛口缝里,敌人不冲不扫,再冲再扫,有五个敌人顺着墙根爬过来,英华用盒子枪瞄着打死了两个,剩下的三个又跑回去了。

英华对战士们说:

"敌人是来报复的,管他火力怎样猛,我们不能让他们进村。敌人一进来要狠狠烧杀,我们昨天的胜利就完了!"

说话间,敌人一炮瞄准这座小小更楼,小更楼整个栽到街上去了。

天阴惨惨的,时间是快晌午了,小星不知什么时候到下面去拿上一些饼来,扔到机枪手和战士们的身边。英华说:

"快爬到那边去,不要动。"

枪炮一直响着。小星说:

"英华哥,刚才下去,洞里的婶子大娘们叫我告诉你,怎么也不要让敌人冲进街里来。她们说:这些大人小孩的命全交给你了!"

一个通讯员爬过来,英华说:

"你想法冲出去,给二排长送命令,叫他解决了阎家集炮楼,就赶紧进攻县城北关。你从南街口出去,那里有一个小交通壕。"

小星赶紧说:

"不行了,敌人已经把南街口堵住。"他从地上站起来,"英华哥,我去送这个命令。我从这里下去,那西房后面有条小夹道,里面就是地道口,我可以钻到村外去,敌人看不见。"

一个炮弹飞过来,打翻两个垛口。英华说:"好。还是叫通讯员跟你去,你下去就告诉洞里的人,说敌人进不来,叫她们安安生生待在洞里,不要慌张。"

小星答应了一声,像一只小猴子一样,从高房跳到低房,又从墙角上溜下去,通讯员跟在后面。下去就是一条窄口的夹道,两边黄泥土墙,地下全是烂柴败叶,小星侧着身进去,走到中间,看了看,就背过身子,轻轻地墙上一靠,就不见了。通讯员一看那墙还是一色黄泥土墙,连一个纹丝也没有,吃了一惊,赶紧叫:

"小星同志!"

小星在墙里面说:

"不要嚷么!你也背过身子来在墙上靠一下,可要轻轻的。"通讯员靠了一下,只觉得身不由主地随着进去了,里面是伸手不见掌的黑屋子，通讯员站脚不稳就栽了一跤，小星赶快把他扶住说：

"不要冒冒失失的么！"

然后小星跳进一个洞里，不知道是和哪里的人说话，只听他说：

"三大娘！"

也不知道从哪里来了一个嗡嗡的声音：

"怎么咧，小星？敌人进村了吗？"这声音像是从地里来的，又像是从天空来的，像是神仙的指引，又像是电台上的无线电收音。只听小星又说：

"没有。鬼子一辈子也进不来，英华哥说等不到天黑就把他们打退了，叫你们不要怕。"

那个蚊子一样飞来的声音就念了一声：

"阿弥陀佛！"

这时，小星才对通讯员说：

"下来吧！弯腰往左拐！"

通讯员费了很大力气，才钻到洞里，摸了半天，才摸到左边那个道上，等他摸着小星的衣服了，他喘着气说：

"小星同志！走慢点，我跟不上，失了方向可就坏了。"

小星在前面猫腰走着，那孩子活像一条欢跳的小蛇一样，走得很快，通讯员使劲弯着身子，走了几步，已经满头大汗，只得叫道：

"小星同志！我跟不上，我带着枪不好走哩！"

小星说：

"这样吧，你把枪递过来，我拉着走吧，你走得这样慢，天黑也出不去。"

这样，小星像拉算卦的瞎子一样拉着通讯员。

小星心里有些埋怨英华，为什么非叫他跟来，不然，这个时候，他快把命令送到了。

小星硬拉着通讯员往前走，左拐右拐，后来道路宽敞些了，通讯员也走得快些了。忽然他们听见枪炮就在他们头顶上响，后来好像有几个人在他们头顶上跑过去了。小星小声说：

"同志，不要讲话了，已经到了村外。"

又走了一会儿，小星把枪放下，蹲下身子，咕咚咕咚的像拆房子一样，立刻就有一线光亮照到洞里来。小星说：

"好，可以出去了！你小心些，下面是井！"

小星先钻出去，两手抠着井框，两只脚叉开，蹬着砖缝上去了。通讯员也钻出来，把枪背在肩上，照样攀登上去。他往下一看，是浓绿清凉，不知有多么样深的一口水井，水平如镜，照见他和小星浑身泥土，这时，他才发觉自己已是满身大汗。

小星探头在井口四面一望，爬出去，通讯员也爬出来，已经是村南一里地的野外，这时庄稼全收割了，没有割的也因为风吹雨打扑倒在地上。天还是阴着，敌人的炮火像刮风一样往村里打，整个五柳庄上面的天空，叫烟、土、乌云罩住了。

在村里在房顶上也不觉怎样，现在回头一看，小星才觉得英华他们危险，忍不住向通讯员说：

"你看英华哥能抵挡得住吗？"

通讯员说：

"我们柳连长最重视政治影响，他既是那么说，就是剩下他一个人，守着那挺机关枪，鬼子也掉不了猴！"

他们就听见从街里，发出一阵机枪声，听来是那样急，那样狠，扫开云雾、烟尘，向正南方向射击。小星看见南街口的鬼子一阵乱，他判断一下方向，说：

"鬼子想从南街口进去，好，英华哥也转到高升店的正房上去了，那里正对南街口，他们怎样跳过去的呀？"

小星和通讯员在地里半爬半走往东南方向奔去。在一条小交通沟里，碰见他村里一个游击组员叫秋河的，敞着怀跑过来。小星一见就说：

"你还不去打仗，瞎跑什么？"

秋河说：

"你看见我瞎跑来？我去集合人来着，五毛营、赵家庄、阎家集的游击组全开来了。我们包围着敌人打。"

小星说：

"这就好了，我也是去送命令，叫二排长攻城，你告诉新月哥，叫他们好好打吧！"

小星把命令送到二排长那里的时候，二排已经把阎家集的炮楼解决，接到命令，跑步去奔袭城关。天已快黑了，五柳庄村外的敌人，无心恋战，就用那剩下的两辆汽车载着鬼子往城里退。一路上，我们的地雷枪炮一齐响，打得鬼子三步一停，两步一歇，桑木大队长着了急，从汽车上蹦下来，骑上一匹白色洋马，往野地里窜了。

工会主任青元这一天埋好很多地雷，正伏在汽车旁边一条横沟里休息。桑木的马，跑到沟边，马原是惊了的，桑木一看前面是沟，用皮鞋下死劲一踢马肚子，那马把头一抬，前腿一曲就跳过去。青元顺手一枪，正打中马肚子，那马痛得难忍，浑身一抖,就直直地立了起来,桑木骑不住,闪了下来。完全掉下来也好,但却是一只脚挂在镫里,那洋马没命地奔向城里跑去,桑木头朝下,两只手在地上乱抓,一路上尽是豆楂楂高粱地,擦得他头破血流。……

一九四五年六月于延安

白洋淀边一次小斗争

　　有一天，我送一封信到同口镇去。把信揣在怀里，脱了鞋，卷起裤腿，在那漫天漫地的芦苇里穿过。芦苇正好一人多高，还没有秀穗，我用两手拨开一条小道，脚下的水也有半尺深。

　　走了半天，才到了淀边，拨开芦苇向水淀里一望，太阳照在水面上，白茫茫一片，一个船影儿也没有。我吹起暗号，吹过之后，西边芦苇里就哗啦啦响着，钻出一只游击小艇来，撑船的还是那个爱说爱笑的老头儿。他一见是我，忙把船靠拢了岸。我跳上去，他说：

　　"今天早啊。"

　　我说："道远。"

　　他使竹篙用力一顶，小艇箭出弦一般，蹿到淀里。四外没有一只船，只有我们这只小艇，像大海上漂着一片竹叶，目标很小。就又拉起闲话来。

　　老头儿爱交朋友，干抗日的活儿很有瘾，充满胜利情绪，他好打比方，证明我们一定胜利，他常说：

　　"别看那些大事，就只是看这些小事，前几年是怎样，这二年又是怎么样啊！"

过去，他是放鱼鹰捉鱼的，他只养了两只鹰，和他那个干瘦得像柴禾棍一样的儿子，每天从早到晚在淀里捉鱼。刚一听这个职业，好像很有趣味，叫他一说却是很苦的事。那风吹雨洒不用说了，每天从早到晚在那船上号叫，敲打鱼鹰下船就是一种苦事。而且父子两个是全凭那两只鹰来养活的，那是心爱的东西，可是为了多打鱼多卖钱，就得用一种东西紧紧地卡在鱼鹰的嗓子，使它吞不下它费劲捉到的鱼去，这更是使人心酸可又没有办法的事。老头儿是最心疼那两只鹰的，他说，别人就是拿二十只也换不了去；他又说：

"那一对鹰才合作哩，只要一个在水里一露头，叫一声，在船上的一个，立刻就跳进水里，帮它一手，两个抬出一条大鱼来。"

老头儿说，这两只鹰，每年要给他抬上一千斤。鬼子第一次进攻水淀，在淀里抢走了他那两只鱼鹰，带到端村，放在火堆上烧吃了。于是，儿子去参加了水上游击队，老头儿把小艇修理好，做交通员。

老头儿乐观，好说话，可是总好扯到他那两只鹰上，这在老年人，也难怪他。这一天，又扯到这上面，他说：

"要是这二年就好了，要在这个时候，我那两只水鹰一定钻到水里逃走了，不会叫他们捉活的去。"

可是这一回他一扯就又扯到鸡上去，他说：

"你知道前几年，鬼子进村，常常在半夜里，人也不知道起床，鸡也不知道撒窠，叫鬼子捉了去杀了吃了。这二年就不同了，人不在家里睡觉，鸡也不在窠里宿。有一天，在我们镇上，鬼子一清早就进村了，一个人也不见，一只鸡也不见，鬼子和伪军们在街上，东走走西走走，一点食也找不到。后来有一个鬼子在一株槐树上发现一只大红公鸡，他高兴极了，就举枪瞄准。公鸡见他一举枪，就哇的一声飞起来，跳墙过院，一直飞到那村外。那鬼子不死心，一直跟着追，一直追到苇垛场里，那只鸡就钻进了一个大苇垛里。"

没到过水淀的人，不知道那苇垛有多么大，有多么高。一到秋后霜降，几百顷的芦苇收割了，捆成捆，用船运到码头旁边的大场上，垛起来，就像有多少高大的楼房一样，白茫茫一片。这些芦苇在以前运到南方北方，全国的凉棚上的，炕上的，包裹货物的席子，都是这里出产的。

老头儿说："那公鸡一跳进苇垛里，那鬼子也跟上去，攀登上去。他忽然跳下来，大声叫着，笑着，往村里跑。一时他的伙伴们从街上跑过来，问他什么事。他叫着，笑着，说他追鸡，追到一个苇垛里，上去一看，里面藏着一个女的，长得很美丽，衣服是红色的。——这样鬼子们就高兴了，他们想这个好欺侮，一下就到手了。五六个鬼子饿了半夜找不到个人，找不到东西吃，早就气坏了，他们正要撒撒气，现在又找到了这样一个好欺侮的对象，他们向前跃进，又嚷又笑，跑到那个苇垛跟前。追鸡的那个鬼子先爬了上去，刚爬到苇垛顶上，刚要直起身来喊叫，那姑娘一伸手就把他推下来。鬼子仰面朝天从三丈高的苇垛上摔下来，别的鬼子还以为他失了脚，上前去救护他。这个时候，那姑娘从苇垛里钻出来，咬紧牙向下面投了一个头号手榴弹，火光起处，炸死了三个鬼子。人们看见那姑娘直直地立在苇垛上，她才十六七岁，穿一件褪色的红布褂，长头发上挂着很多芦花。"

我问：

"那个追鸡的鬼子炸死了没有？"

老头儿说：

"手榴弹就摔在他的头顶上，他还不死？剩下来没有死的两三个鬼子爬起来就往回跑，街上的鬼子全开来了，他们冲着苇垛架起了机关枪，扫射，扫射，苇垛着了火，一个连一个，漫天的浓烟，漫天的大火，烧起来了。火从早晨一直烧到天黑，照得远近十几里地方都像白天一般。"

从水面上远远望过去，同口镇的码头就在前面，广场上已经看不见一堆苇垛，风在那里吹起来，卷着柴灰，凄凉得很。我想，这样大火，那姑娘一定牺牲了。

老头儿又扯到那只鸡上，他说：

"你看怪不怪，那样大火，那只大公鸡一看势头不好，它从苇子里钻出来，三飞两飞就飞到远处的苇地里去了。"

我追问：

"那么那个姑娘呢，她死了吗？"

老人说：

"她更没事。她们有三个女人躲在苇垛里，三个鬼子往回跑的时候，她们就从上面跳下来，穿过苇垛向淀里去了。到同口，你愿意认识认识她，我可以给你介绍，她会说得更仔细，我老了，舌头不灵了。"

最后老头说：

"同志，咱这里的人不能叫人欺侮，尤其是女人家，那是情愿死了也不让人的。可是以前没有经验，前几年有多少年轻女人忍着痛投井上吊？这二年就不同了啊！要不我说，假如是在这二年，我那两只水鹰也不会叫兔崽子们捉了活的去！"

一九四五年

山里的春天

这天，从家乡来了一个人，谈了半天家里的事，我很快乐。我很惦记家里的生活问题，他说一切很好。我高兴地要请他吃饭，跑着各家去买鸡蛋，走到一个人家，一个年轻的女人正坐在炕沿上，哭丧着脸，在她怀里靠着一个五六岁的女孩子。我说：

"老乡，有鸡蛋啊，卖给咱几个？"

她立时很生气地喊叫起来：

"没有！还有什么鸡蛋？"

我说：

"我是问一问你，没有就算了么！"

她还是哭丧着脸不答理。我走出来，心里想这才没的事哩！忽然她把我叫回去说：

"桌子上那小罐里有两个鸡蛋，是留来给小妮煮着吃的，你拿去吧。"

我一看她忽然又变得这样，莫名其妙，又一想，我说：

"给孩子吃的，放着吧，我到别人家去买吧。"

我走了出来。吃过午饭，送走客人，村长来找我，说是叫我去给一家抗属翻沙，家具他也拿来了，就带我走。我两个走到村

东,过了河滩,到了一块方方的堆着石沙的地里,村长说:

"就是这块地,男人到咱们队伍上去了,这块地去年叫水冲了,你给她把这沙子挑到四边去,好种玉茭子。辛苦你了,回头我叫她给你送水来。"

说完,村长笑一笑走了。我把军装上衣脱下,同皮带手枪挂在地边的一棵小枣树上。这时已是暮春三月,枣树快要长叶儿,河滩上的一排大杨树,叶子已经有铜钱大了,绿油油的。

我开始把沙子翻起来,然后铲到筐里,挑到地边,堆成土埝,叫夏天的水冲不到地里来。

今天工作很高兴,一大担沙土挑起来,也觉得轻松。我想山里的土质坏,还费这么大劲;我家里那三亩菜园,出产多么大啊,够他娘儿两个吃的了。

起晌的时候,我看见远远地走来一个妇女,左手拉着一个小孩,右手提着一把水壶,我想是主人家给我送水来了,走近一看,原来就是上午为买鸡蛋和我吵嘴的那女人。她一见是我,脸上有点下不来,后来才说:

"原来求的是你啊!"

我说:

"原来是你的地啊!"

她把水壶放下,对我说:

"同志,休息一下吧。我和你谈谈。"

我说:

"谈什么呀?"

她说:

"上午,你赶得不巧,我正生气。你看人家有人的,有的种地了,咱这地还没起沙子。前半天,我拉着孩子来一看这个地这样费劲,一个女人和一个孩子怎么会种上,就生起气来,正在心里骂我们当家的,撇下大人孩子不管,你就来了,我那时一看见你们这当兵的就火了。"

我说:

"我们当兵的可没得罪你呀。"

她说:

"你没得罪我,我是恨我们那个当兵的。"

我问:

"他走的时候没告诉你?"

她狠狠地说:

"人家会告诉咱,头一天晚上,人家说去报个名,一去就没回家。第二天,我到区里去给人家送衣服鞋袜,人家还躲着不见哩。"

我一听她这样说,想起自己从军的事,笑了。那一年,我们全村的青年抗日先锋队说到村外开会,排上队就去参加了学兵营,家里人听见,急了,母亲们说:"你们再到家里睡一夜再走,没人拉你们啊!"可是我们谁也不听,头也不回跑了。第二天,媳妇们也凑了一队,仗着胆子,给我们送衣服,我们藏起来,叫她们放下回去。她们说:"只是见一下,谁拖你们的尾巴哩。"可是我们死也不见。

我喝了几口水,就又开始翻沙。在挑的时候,女人已经拿起铁铲,替我装筐。她看我能挑那么重的东西,就问:

"你在家里也种地?"

我说:

"种地，我有三亩菜园子。"

她又问：

"家里有大人孩子吗？"

我说：

"有，一个老婆，一个女孩子，今年六岁了。"

她惊异地看了看我，又叹了一口气说：

"都是这样的吗？你就不惦记你的大人孩子，她们在家里不骂你呀？"

我说：

"她不骂我。今天才从我们家乡来了个人，她还捎口信给我，说好好抗日，不要想家，你抗日有了成绩，我和孩子在家里也光荣，出门进门，人家都尊敬。"

我说到这里，那女人脸红了一下，她说：

"呀，你家里的进步！"

我说：

"我们那里有敌人，村边就是炮楼，她们痛苦极了，她恨敌人，就愿意我在外面好好抗日。"

女人说：

"有人给她种地吗？"

我说：

"家乡来的人说：一到春天，不用她说话，就有人给她种上了，一到该锄苗的时候，不用她说话，就有人给她锄去了；秋天，她的粮食比起别人，早打到囤里。我在家的时候，是我一个人种地，忙得不行，现在是有好多人给她耕种。我们八路军的弟兄，比亲弟兄还亲，他们在那里驻防，打敌人，知道我不在家，就会替我去种上地，照顾我的大人孩子，和我在家一样。"

这时候，这女人才真正眉开眼笑了，她说：

"刚才我还觉得辛苦你，自己不落意，这样一说，你和我们当家的是一家人，他要住在你们村里，也准得给你家里去帮忙吧?"

我说：

"一定，我们八路军就是这样一个天南海北的大家庭。你明白这个道理，你就不用惦记他，他也就不再惦记你们了。"

这时候，女孩子跑到那小枣树下面，伸手去够那枪，又回过头来望望我，望望她母亲。我放下担子过去，哄着她穿上我那军装上衣，系上皮带，把枪放在她那小手里，那孩子就像一个小战士一样，紧紧地闭着小嘴。对面的母亲，响亮地笑了。

一九四四年

麦　收

一九三九年，冀中解放区小麦黄梢的时候。

东房凉还有一尺来宽，天气就热上来了，毒辣辣的热，可是人们并不嫌，知道这是收割麦子的好天气。

秃大娘做好饭，端到大门过道里，放在一张小白木桌上，小桌旁边，放上两个麦秸编的蒲墩，自己却坐在那块捶布用的青石板上，等候二梅和她爷回来。

二梅还没有进门就尖着声喊：

“奶奶，饭熟了没有？”

奶奶站起来笑着说：

“熟了！有功的回来了。”

二梅和爷爷把背回来的麦个放在院里，一边擦着汗，坐在蒲墩上。她望一望饭碗，把小嘴一噘说：

“又是秫面饼！”

奶奶说：

“折死你！秫面饼还不好，你要吃什么？忘记那二年吃糠咽菜的日子了？”

“我想吃白饼。”二梅撒娇说。

爷爷指着院里的麦个说：

"后半天就叫你奶奶去打，先在碾子上推一点，吃一顿。"

二梅红着脸说：

"不，奶奶，我是说着玩哩。"

奶奶也看着自己的孙女儿笑了。是个好孩子，才多么大了呀，已经是村里的青妇部长。风吹过来，乌黑的头发往后面飘，孩子的脸多么丰满好看呀，这是奶奶从小一口水一口饭喂养大的啊！

急急忙忙吃了两个饼，二梅就站起来，跑到院里拿了一把铁铲，就往外走。

奶奶问：

"又干什么去？"

二梅说：

"集合人去破路么，保护麦收。"

奶奶说：

"这么热天，歇了晌再去！"

二梅说：

"歇了晌，鬼子要不歇晌就来了呢？"

说着就往外跑，奶奶死命往回叫她：

"二梅！你回来给我好好地再吃一个饼！"

爷爷说：

"你让她去吧！"

爷爷又向着外面喊：

"二梅，你要破不好路，叫鬼子抢走了我的麦子，你就别想吃白饼了！"

"好呀!"

二梅拉着长声答应。

二梅把铁铲扛在肩上,手里拿着一根高粱秆,一到街上,就掏出笛子吹起来:

"嘟,嘟,嘟嘟嘟!"

转过孙玉琴家的黑大门,孙玉琴的婆婆正歪在过道里看着孩子打盹儿,孩子光着屁股在她身边滚爬,二梅用力吹了一声笛子,老婆子睁开眼说:

"哟,部长,集合了吗,太热吧?"说着就抓起孩子往家里走,一边说,"快回家去吃奶奶,你娘就要去破路了,要等老半天哩!"

二梅在街上来回地吹着笛子。青年妇女们一个一个从自家大门里走出来。这不知道是什么风俗,冀中的妇女们,只要一出大门,只要是成群结队,也不管是去开会,去上学,去破路或是割电线,一个个打扮得全像走礼串亲一样。

一个个全换上新衣服,脸洗得干净,头发梳得平整,头上蒙了一块新毛巾,又可以遮太阳,又可以挡风。

她们站在那新刷写上晋察冀边区"双十纲领"的高房下面的大槐树阴凉里。她们简直是挤在一块,手里的铲镐,碰得叮当乱响,还夹着那清脆的说笑。

"俺刚说歇歇,就吹笛!"一个穿漂白小褂的说,她叫张秀玲。

"歇歇,鬼子来了烧了你的兔子窝,你歇个屁! 啊,你还穿着袜子,多封建!"

"该死!"她骂着,却转过头来开别人的玩笑,"欢迎啊,欢迎孙玉琴来得晚啦!"

晚来的有些脸红,三步两步跑到群里来:

"她奶奶刚把孩子拖到家，吃了两嘴就来了。为什么人家……谁像你那么利落干净！"说着把扛着的铁铲往地上狠命一顿，站住。

二梅站在太阳地里，催着人们站队，脸上已经流着汗。这是她新从学校的先生那里学来的规矩。先生说："站队的时候，叫队伍站在阴凉里，你站在太阳地里。

队伍站得整整齐齐，风吹动树枝筛下阳光来，在她们的头上衣服上游动，染成各色各样的花。

二梅站在队前讲话的时候，说笑也停下来了。就是有几个想笑的，一看见她那绷得紧紧的脸，也就赶紧用牙齿咬住了嘴唇。这小姑娘可以在家里撒娇，担负起工作的时候，却非常严厉，她问：

"你们拿着家伙干什么去呀？"

"挖沟！"一齐大声地回答。

"对了。驻在咱村的队伍和青抗先，今天下午去打击敌人，这是为的保护咱的麦子。我们也不能落后，我们把接村路挖通！"

接着是小组和小组竞赛。队伍出发了，二梅走在前面。一出村堤口，就是无边的小麦地，一片金黄，中间也掺杂着几片浅绿；风吹过来，小麦一齐低下头，风吹过去，那长大的穗子，又一齐挺起来在太阳里闪着光。

太阳是专为麦子来的，现在更加热了。

来到接村路上，二梅用高粱秆分好段，用铁铲划上印，说：

"来吧，两个人挖一杆，一把铁铲一把镐。"

大道是经过河水冲刷的，现在晒干了，有两寸多厚的硬皮，挖起来很费力气。几镐下去，那些新衣服就全叫汗湿透了，汗流

得满脸满腮,粘住了头发。她们却谁也不肯直起腰来休息一下,你一镐我一铲地工作。二梅领着头唱:

> 是谁说
> 妇女不如男子汉?

人们就合起来:

> 挖沟破路
> 男人女人是一般。

二梅的奶奶秃大娘提着一把大锡壶来给她们送水,人们抢着喝,一边说:

"还是这老太太知心,这么热天来给我们送水。"

张秀玲说:

"她知心,她老废物啦,不送点水,还干什么抗日呢!"

人们全笑了,秃大娘却正正经经地看着大家,她说:

"我老啦,老废物啦,依我看,你们谁也不跟我有用,张秀玲更不行。"说到这里,她把话顿住,好集中大家的注意,为她那下文助威。真的大家停止了说笑,水也不喝了,听她说:

"我养活(生)了两个小子,都参加了八路军,大的在十六团,二的在二十二团,这不是我的力量吗?这比你们谁抗日的劲头不大!你们谁比得上我,谁敢和我竞赛?张秀玲你多么没出息,娶到我们村里三年了,一点贡献也没有,还说我哩!"

大家轰的一声笑了,张秀玲臊得低头跑了。有的就嚷:

"谁敢和这老太太比赛?"

"穿漂白小褂的敢!"

"你敢!你行了!"

二梅一直还在那里挖,这时才抬起头来说:

"奶奶,就是你,净耽误我们的时间!"

奶奶赶紧提起壶来说:

"你们看,俺家二梅又批评她奶奶了。你们还喝不喝?不喝了,我就回去啦,你们快挖吧!"

说着,提起壶来,又拐搭拐搭地走了。

这里的说笑伴着铁铲和镐的声音,从汗气热气里升起来。等到人影儿和身子一般长的时候,她们的工作就快完成了。

队伍上的指导员从一块麦地里走出来,后面跟着一个背大枪的矮个子通讯员。在村里住长了,他认识二梅;他说:

"部长领导得好,真积极!"

二梅也直起身子笑着说:

"指导员,我们破好了路,你要挡不住鬼子,叫他们冲过来,我们可批评你!"

指导员说:

"好,好,好。你听枪响吧!"

指导员穿进另一块麦地,他的衣服和麦子一个颜色,麦穗打到他腰里。那个通讯员却淹没在麦子里了,只有那黑黝黝的枪口露在外头。不久,这枪口也消失不见了。

一只布谷鸟像是受了惊,慌慌张张地从东边飞过来,一声连一声叫着:

莫黄莫割——莫黄莫割!

"嘎勾——"东边响了一声枪。妇女们拖着铁镐和铲从道沟里跳上来，向东边张望。枪声响得越来越密，越来越急，也越来越近了。二梅的脸有些青白。

东边卷起了一团烟，罩住了金黄的麦子。机枪声、炮声，好像压低了那里的麦子。炮弹炸碎我们的土地，土块飞到半天空，那里面有多少炸碎了的金黄的麦穗！二梅知道这是敌人的炮。在那里作战的同志们，是不是受了伤呢？

她喊叫：

"我们不要在这里傻站着了，快回去抬担架，预备鸡蛋和开水！"

当她们抬了几副担架回来，炮声停了，那一团烟也远了。但是枪声很响很急，二梅知道这是我们的军队追赶敌人了。她们很快地向那里跑去。

我们的军队把敌人赶回窠里，才停下来。二梅她们抬回受伤的指导员和他那矮矮的通讯员。这两个同志去夺敌人的重机枪，受了伤。她们把夺来的重机枪也放在一副担架上。

还空着一副担架。她们回来，路过二梅家的地边，爷爷正靠在一个捆了的牛腰粗的大麦个上等候，他担心他的孩子，眼望着东边的路。二梅说笑着回来了，看见爷爷，她说：

"把麦个放在担架上，我们给你抬回去！"

老头子听了孙女儿的话，真的把麦个放到担架上来，看着孙女儿和她的伙伴们抬起来，飞快地往村里去了。

第一副担架上是指导员，第二副是通讯员，第三副是重机枪，第四副是麦子。

老头子跟在后面，打着火抽着烟。太阳已经有一半落到远远的西山里去了,在它上面是一团团千变万化的云彩——那在老人的眼里,是一只虎,一只豹,一匹飞马,一只老鹰。

晚上,奶奶又把饭放在那里,小桌上却有了白面饼。爷爷回来,二梅回来,奶奶说:

"你今儿个更有功了,奶奶给你烙了白面饼,快点吃!"

二梅说:

"有功的是人家队伍上,有功的是指导员和他那通讯员,人家夺了敌人一挺重机枪,受了伤,先慰劳他们吧!"

二梅带了自家的饼还有别人家的鸡蛋到指导员那里去,指导员和通讯员的伤口全包扎好了,躺在院当中月亮地里的软床上。

田野里是收割麦子和打场的声音,风吹来薄薄的小麦的香味。二梅和她的两个小组长站在受伤人的床前,念着妇救会的慰问信。

二梅又念了她自己的慰问信。

她念着,她述说她自己原是这样一个孩子,从小死了娘,在野地里,春天挑野菜,秋天拾庄稼,冬天割柴草,风吹着,雨打着,长到十五岁。八路军来了,是正好的年岁,赶上了正好的年月。这样她就不再走奶奶的路,娘的路;一条完全新的道路,在她眼前打开了。

她的声音是那么庄严、热情和诚恳,感动得受伤的人硬支起身子来,严肃地听着。

一九四五年七月于延安

(孙犁、赵侠、铁彦集体创作)

芦花荡

"藏"

　　这一家就住在村边上。虽然家里不宽绰,新卯从小可是娇生惯养,父亲死得早,母亲拧着纺车把他拉扯大,真是要星星不给月亮。现在他已经是二十五岁的人,娶了媳妇,母亲脾气好,媳妇模样好,过的是好日子。媳妇叫浅花,这个女人,好说好笑,说起话来,像小车轴上新抹了油,转得快叫得又好听。这个女人,嘴快脚快手快,织织纺纺全能行,地里活赛过一个好长工。她纺线,纺车像疯了似的转;她织布,挺拍乱响,梭飞得像流星;她做饭,切菜刀案板一齐响。走起路来,两只手甩起,像扫过平原的一股小旋风。

　　婆婆有时说她一句:"你消停着点。"她是担心她把纺车抡坏,把机子碰坏,把案板切坏,走路栽倒。可是这都是多操心,她只是快,却什么也损坏不了。自从她来后,屋里干净,院里利落,牛不短草,鸡不丢蛋。新卯的娘念了佛了。

　　刚结婚那二年,夫妇的感情好像不十分好。母亲和别人说:"晚上他们屋里没动静,听不见说说笑笑。"那二年两个人是有些别扭,新卯总嫌她好说,媳妇在心里也不满意丈夫的"话贵"和邋遢。但是很快就好了,夫妻间容易想到对方的好处,也高兴去迁就。不久新卯的话也多些了，穿戴上也干净讲究了。

浅花好强，她以为新卯不好说不算什么，只要心眼实在，眉里眼里有她也就够了。而且看来新卯在她跟前话也真是不少。她只是嫌他当不上一个村干部。年上冬天，新卯参加了村里的工作，并且人们全说他是个顶事的干部，掌着大权，是村里的"大拿"。可是他既不是村长，又不是农会主任，不是治安员也不是调解委员。浅花问他他不说，晚上问，他装睡着了，呼呼地打鼾睡。浅花有气："什么话这样贵重，也值得瞒着我？"她暗施一计：在黑暗里自言自语地说："唉，八路军领导的这是什么世道啊！""你说这是什么世道，八路军哪一点对不起你？"新卯醒了，他狠狠地给她讲了一番大道理，上了一堂政治课，粗了脖子红了脸，好像面对着仇人。浅花暗笑了，她说：

"你是这里边的虫，好坚决，和我也不说实话。"

"你嘴浅。"新卯说。

他又转过身去睡了，这样常常气得浅花一直睁眼到天明。今年春天，春耕地耘上了，出全了苗，该锄头遍了，新卯却什么活也不愿意去做。在家里的时候更少了，每天黑更半夜才家来，早晨天一亮，就披上袍子出去了，家不像他的家，家里的人见他的面也难。浅花又是六七个月的身子，饭熟了还得挺着大肚子满街去找他，也不一定找得来，找回来像赴席一样，喝上一碗粥，将筷子一摆，就披上那件破棉袍子出去了。一顿饭什么话也不说。他的母亲虽然心疼儿子，可是对他近来的行动也不满意，只是存在心里不说；浅花可憋着一肚子气等机会发泄。她倒不是怨他不到地里去做活，她伤心的是近来对家里的人太冷淡，他那嘴像封起来的，脸上满挂着霜，一点笑模样也看不见。半夜人家睡醒

一觉了,他才家来,什么也不说,倒头便睡,你和他念叨个家长里短吧,他就没好气地说:

"你叫人歇一下子吧,我累。"

浅花说:

"你累什么呀?水你不挑,柴你不抱,地你不锄,草苗快一般高了!"

"你不知道我有工作?"

他倒发火了。浅花只好冷冷地一笑,过半天自己又忍不住地小声问道:

"你近来做什么工作呀?"

"你没听说风声不好?"

"风声不好,我看又是谣言。就是吧,你也得照顾自己的身子呀,你近来脸色不好,身上又瘦多了。"

这时她才心疼起他来。他近来吃饭很少,眼都陷了下去,叫他睡觉吧。她不言语了。

又过了两天,他竟连夜不家来睡觉,天明了才家来,累得不像个人样子,进家就睡了,睡上多半天才起来;可是天一擦黑便又精神起来,央告着说:

"给我做点好吃的吧。"

母亲听见了便说:

"你给他炒个鸡蛋烙张饼。"

媳妇虽然不高兴他出去,却也照样给他做了,看着他一边吃,她一边问:

"吃了好东西干什么去?"

他咧着油光的大厚嘴唇说:

"这可不能告诉你!"

乡下的夫妇,有这么三天五天不在一条炕上,浅花就犯了疑心。她胡猜乱想,什么工作呀,夜间出去白天回来?她家住在顶南头村外,不常有人来;她想,村里干部多着呢,别人不一定这样。这一天,大街上刘喜的媳妇来借梭来,浅花就问她:

"大嫂子,你听见说敌人又要出来'扫荡'吗?"

"没听见说呀!'扫荡'怕什么呀,我就不怕。"

"可是俺家他爹没事忙,现在连黑夜间也不家来睡觉了!"

"哈!不家来睡觉,到哪里睡呀?"这女人大吃一惊,张着嘴问。

"谁知道,有这么三四宿了,人家说工作忙。"浅花叹了一口气。

"准是工作忙呗!"那女人说着,却撇了撇嘴,"工作忙,一天家是男女混杂,咱也不知道那是干什么工作!"

"大嫂子,你听见什么风声了吗?"浅花直着眼问。

"没有,你家他爹很老实,不像那些流氓蛋,你们夫妻的感情又不错!不过你要留点神,年轻的人说变心可快哩!街上那些小狐狸们可能勾引着哩!说句不嫌你见怪的话吧,哪一个不比你年轻。"

这一晚浅花留上心,心里也顶生气。做晚饭了,丈夫从炕上爬起来眯着眼走出来说:

"擀点白条子吃吧?"

浅花的脸刷地拉下来,嘴噘得可以拴一匹小驴,脸上阴得只要有一点风吹就可滴下水来;半天才丧声丧气地说:

"吃好的吧,你是有了功的了!"

"有功没功，反正尽自己的责任。"丈夫认真地说。

"瓮里没水！"浅花把手里的空水瓢往瓮里一丢，大声地说。

"我去担。"丈夫不紧不慢地担起水桶出去了。

等他担了水来，浅花还是生气，在灶火前低着头，手里撕着一根柴禾叶。丈夫说：

"快烧吧，你也知道发愁？别发愁，只要我们有准备，多么困难的环境也能通过去。"

浅花越听越没有好气，她想，你念什么咒呀！她打起火来，可是手有些颤，火镰凿在火石上，火星却落不到火绒上。丈夫接过去给她打了，咧着大嘴笑了笑说：

"真笨。"

"我们是笨。"浅花把火点着，一手拉动风箱，"你去找精灵的去啊！"丈夫也听不出情绪，他以为女人也正在不高兴，他就坐在台阶上去，看着野外的高粱在晚风里摇摆。近来天旱，高粱长的才一尺来高，他想，下场透雨吧，高粱长起来，就是敌人"扫荡"也不怕了。他望着那里发呆，浅花又忍不住，她扭转头来问：

"你别又装傻，我问你，这几日夜里你出去干什么来？"

"搞工作。"丈夫回过头来，还是心平气和地说。

"什么工作？"

"抗日工作。"

"你不用和我花马掉嘴，你好好地告诉我没事！"

女人是那么横，直眉瞪眼脸发青，丈夫也有些恼了。恼的是，女人为什么这么糊涂，这么顽固，这么不知心，这么不心疼人！我黑间白日累个死，心里牵挂着这些事，她不知道安慰我，还净找邪碴！他也嚷着说：

"我不能告诉你！你为什么这么横？你审我吗？"

母亲听见他们吵嘴，赶紧出来说了两句，两人才都不言语了。这一顿晚饭，一家人极不痛快，谁也没说话。

等新卯吃完饭，母亲将他叫到屋子里说：

"你整天整夜忙的什么，也不在家里照顾照顾。"

新卯没有说话，守着母亲坐了一会儿。天已经大黑了，他走到外间屋里，想出去，浅花正在门帘外慎着，一伸手就把他拉到自己屋里来；她在炕沿上一坐，哭着说：

"今黑夜你就不能出去，你出去我死在你手里！"

新卯瞪了瞪眼，想发火，但转眼看了看她，他忍下去了。他在屋里转了一会儿，浅花汪着两眼泪盯着他，他叹了一口气说道：

"我再出去一晚上。"

"不行！"

"你行行好，我算向你告假。"

"不行。"

浅花转过脸去啼哭起来，那脸在灯光下是那样的黄，过了一会儿，转动那笨重的大肚子仄到炕上去了。新卯又在屋里转了半天，他一边脱衣裳一边向媳妇解释：

"听你的话碴，好像我在外边有男女关系。绝没有那回事，你怎么这样猜疑呢，我是那样的人吗？"

浅花转过脸来说：

"没有那回子事，为什么净夜里出去，为什么一出去就是一宿，一回来就是那么乏，还向我要好的吃，我没那些个好东西来养着你！"

新卯说：

"你不信就罢，这反正和你说不着。"他钻进被窝睡去了。浅花爬起来脱了衣服吹灭灯也睡了。外面起了风，吹得窗户纸响，外边的柴禾叶子也飞着。不久，浅花翻过身去呼呼地睡着了。

新卯静静地躺着，静静地坐起来，穿好衣服。下炕来，摸到外间，轻轻地开了门。外面很黑，风很大，但是春天的风吹到脸上是暖的，叫这样的风吹着，人的身上也懒起来，身子轻飘飘的，反倒有些睡意了。他集中了一下精神，振作了一下，奔着村南走去。他顺着那条窄窄的通到菜园子的小道走去，野外也很黑，但他可以看见那一望无边的高粱地在风里滚动，在远处柳树林的风很大，忽忽地响。

在他后面，浅花像一片轻轻的叶子从门里飘出来。她的身子虽然很笨重，但是她提着一口气走得很轻妙，她的两只眼什么也顾不得看，只望定了前边的黑影子紧跟着。她怕他一回头看见，又轻轻地躲闪，她走几步就停一下，常常很快地蹲下去，又很快地站起来。她心里又糊涂又害怕，他是到哪里去呢？

她看见新卯走到菜园子里站住了。她一闪就进了高粱地，坐下去，一尺高的高粱，正好遮住她的身子，但遮不住她的眼睛，她看见他冲着井台走过去了。她心里猛然跳了一下，半夜三更他到井边去干什么？要浇园白天浇不了吗？他又没带着水斗子，莫非有什么发愁的事或者是生了我的气要寻短见？这个人可是死心眼。她一挺就立起来。他真的一转身子掉到井里去了。

浅花叫了一声奔着井沿跑去，她心里一冷，差一点没有栽倒地上死过去。她想，竟来不及拉他一把，自己也跳到井里去吧。忽然新卯从井内把头伸出来，举着一只手大声问："你是谁？"浅花没听清他说的什么,她哭着喊着跑过去,拉住自己丈夫的那只手,他手里抓着一支橛枪。她紧紧地攥他的手,死力往上拉,她哭着说:"你不能死,你先杀了我吧!"新卯一把推了她三尺远,耸身跳出来,狠狠地压低声音说道:"你这是干什么?"浅花又跑过去拉住他不放,她躺在新卯的怀里,哭得是那么伤心,那么动情,以致使新卯的心热起来,感觉到在这个女人心里,他竟是这么重要。他的嘴唇动了两动,真想把真情实话告诉给她,但他心里一转想道:一个女人在你身边滴这么几点泪,就暴露了秘密,那还算什么男人? 可是,告诉她不是告诉别人,她不会卖我;假如她叫敌人抓住了呢,能够在刺刀前面,烈火上面也不说出这个秘密吗? 谁能断定? 这样一想他又把嘴闭紧了。他说:

"我不死,你回去吧。"

"你和我一起回去。"

"你看你又是这样,你总是这么缠磨我,耽误我的工作,那我就不再见你了。"

浅花待在黑影里,好像也看见丈夫那生了气的老实样子。她是聪明人,她想到了一些来由,她轻轻笑了,擦了擦眼泪,坐正了说:

"你不对我说,我不怪你。该知道的就知道,不该知道的我也不强要你告诉我。"

"这才算明白人!"新卯肯定地说。

"你也得早些回去。"女人站起来要走,她转眼又看了看丈夫,忽然心里一酸。她觉得自己是错怪了他,他是为了工作,才不回家吃饭,不进家睡觉,夜里一个人在地里偷偷地干活。她觉得丈夫有这么一个别人赶不上、自己也赶不上的大优点。她好像上到了摩天的高山，走进了庄严的佛殿，听见了煽动的讲演，忽然觉得自己的心胸也一下宽阔了，忘记了自己，身上好像来了一股力量，也想做那么一些工作，像丈夫一样。

"我能帮助你吗?"她立定了问。

"不用，你看你那么大肚子。"丈夫催她走了。

浅花转身走了几步。既然知道丈夫夜间出来不是为了男女关系，倒是为了抗日工作，不觉涌出了一种放下了心的愉快，一种因为羞愧引起的更强烈的爱情，一种顽皮的好奇心。她走到丈夫看不到的地方停了一会儿，又轻轻绕了回来，走到井边，已经看不见丈夫了。

她一个人坐在井台上。风渐渐小了，天空渐渐清朗，星星很稀，那几颗大的星星却很亮。她探望井里，井虽然深，但可以看见那像油一样发光，像黑绸子一样微微颤抖的泉水。一颗大星直照进去，在水里闪动，使人觉到水里也不可怕，那里边另有一个小天地。

田野里没有一点声音，村里既然没有狗叫，天还早也没有鸡鸣。庄稼地里吹过来的风，是温暖的，是干燥的，是带着小麦的花香的。浅花坐在井台上，静静地听着想着。

一个在这里等着想着，那一个却在远远的一块小高粱地里，一棵小小的柳树下面，修造他避难和斗争的小道口。他把几夜来掘出的土，匀整地撒到更远的地里去。在洞口，他安好一块四方的小石板；然后他倚在那小柳树上休息了。他赤着膀子，叫春天的夜风吹着，为工作的完成高兴，为同志的安全放宽了心，为那远远的胜利日子急躁，为那就要来到的大"扫荡"不安。

然后他把那方小石板掀开，伏下身像条蛇一样钻了进去。

他翻上翻下弯弯曲曲地爬着,呼吸着里面湿潮的土气,身上流着汗。他在那个大堡垒地方休息了一会儿,长好的草上已经汪着一层水。他又往前爬,这里的洞,更窄更细了,他几乎拉细了自己的身子,才钻到了那最后一个横洞。他抽开几个砖,探身出来,看见了那碧油油的井水,不觉用力吸了一口清凉的空气,两只脚蹬着井砖的错边,上了井口。那一个还在那里发呆,没有发觉哩。

"怎么你还没走?"

"我守着你。"

"你这人!"丈夫唉了一声。

"我知道了。你这里是个洞,叫谁藏在里面?"浅花笑着问。

丈夫不高兴,他说:

"你问这些事干什么,想当汉奸?"

浅花还是笑着说:

"我想起了一件事,自己的事得自己结记着,你是不管的。"

丈夫披上他的衣服没有答声。

"我快了,要是敌人'扫荡'起来,能在家里坐月子? 我就到你这洞里来。"

"那可不行,这洞里要藏别的人。"新卯郑重地说,"坐月子我们再另想办法。"

以后不多几天,这一家就经历了那个一九四二年五月的大"扫荡"。这残酷的战争,从一个阴暗的黎明开始。

能用什么来形容那一月间两月间所经历的苦难,所眼见的事变? 心碎了,而且重新铸成了;眼泪烧干,脸皮焦裂,心脏要爆炸了。

清晨,高粱叶黑豆叶滴落着夜里凝结的露水,田野看来是安静的。可是就在那高粱地里豆稞下面,掩藏着无数的妇女,睡着无数的孩子。她们的嘴干渴极了,吸着豆叶上的露水。如果是大风天,妇女们就把孩子藏到怀里,仄下身去叫自己的背遮着。风一停,大家相看,都成了土鬼。如果是在雨里,人们就把被子披起来,立在那里,身上流着水,打着冷颤,牙齿得得响,像一阵风声。

　　浅花的肚子越来越沉重了,她也得跟着人们奔跑,忍饥挨饿受惊怕。她担心自己的生命,还要处处留神肚里那个小生命。婆婆也很担心浅花那身子,她计算着她快生产了,像这样整天逃难,连个炕席的边也摸不着,难道就把孩子添在这潮湿风野的大洼里吗?

　　在一块逃难坐下来休息的时候,那些女伴们也说:

　　"你看你家他爹,就一点也不管你们,要男人干什么用呀!这个时候他还不拉一把扯一把!"

　　浅花叹了一口气说:"他也是忙。"

　　"忙可把鬼子打跑了哇,整天价拿着破橛枪去斗,把马蜂窝捅下来了,可就追着我们满世界跑,他又不管了。"一个女伴笑着说,"现在有这几棵高粱可以藏着,等高粱倒了可怎么办哩?"

　　"我看我恐怕只有死了!"浅花含泪道。

　　"去找他! 他还能推得这么干净……"女同伴们都这样撺掇她。

　　浅花心里明白,现在她不能去麻烦丈夫,他现在正忙得连自己的命也不顾。只有她一个人知道新卯藏在小菜园里,每天下午情况缓和了,浅花还得偷偷给他送饭去。

和丈夫在一块的还有一个年轻的人,浅花不认识,丈夫也没介绍过。刚见面那几天,这个外路人连话也不说,看见她来送饭,只是笑一笑,就坐下来吃。浅花心里想,哪里来的这么个哑巴;后来日子长了,他才说起话来,哇啦哇啦的是个南蛮子。

　　从浅花眼里看过去,丈夫和这个外路人很亲热。外路人说什么,丈夫很听从。浅花想:真是,你要这么听我说也就好了。

　　这天她又用布包了一团饭,揣在怀里,在四外没有人走动的时候,跑进了对面的高粱地,从一人来高密密的高粱里钻过去,走到自家的菜园。高粱地里是那样的闷热,一到了井边,她感觉到难得的舒畅和凉快。

　　太阳光强烈地照着,园子里放散着黑豆花和泥土潮热的香甜味道。

　　这小小的菜园,就做了新卯和那个人退守的山寨。他们在井台上安好了辘轳,还带了一把锄,将枪掖在背后的腰里,这样远远看去,他们是两个安分的农夫,大大的良民。虽然全村广大的土地都因为战争荒了,这小小的菜园却拾掇得异常出色。几畦甜瓜快熟了,懒懒地躺在太阳光下面。

　　人还没有露面,这沉重凸胀的大肚子先露了出来。新卯那大厚嘴唇就动了动,不知道因为是喜爱还是心疼。

　　"那边没事吗?"他问。

　　浅花说:"没有。"

　　新卯和那人吃着饭,浅花坐在一边用褂子襟扇着汗,那个人问:

　　"这几天有人回家去睡觉了?"

　　"家去的不少了,鬼子修了楼,不常出来,人们就不愿再在地里受罪了。"浅花说。

"青年人有家去的吗?"那人着急地问。

"没有。"新卯说,"我早下了通知。"

那个人很快地吃完饭,站起身来,望望她的肚子笑着说:

"大嫂子,快了吧,还差多少日子?"

浅花红了脸看着丈夫。那人又问新卯,新卯说:

"谁闹清了她们那个!"

"你这个丈夫!"那个人说,"要关心她们么! 我考虑了这个问题,在家里生产不好,就到这洞里来吧,我们搬到上面来睡,保护着你,你说好不好?"

浅花笑着说:

"那不成了耗子吗?"

"都是鬼子闹的么!"那个人愤愤地说。

新卯吃完了饭,跑去摘了几个熟透了的大甜瓜,自己吃着一个,把那两个搬到浅花面前,他说:

"还是这个玩意儿省事,熟透了不用摘,一碰自己就掉下来了。"

浅花狠狠地斜了他一眼。

她回到家里,心里犹豫着,她不愿去扰乱丈夫,又在家里睡了。

这一晚上,敌人包围了他们。满街红灯火仗,敌人把睡在家里的人都赶到街上去,男男女女哆里哆嗦走到街上,慌张地结着扣子提上鞋。

敌人指名要新卯,人们都说他不在家,早跑了。敌人在人群里乱抽乱打,要人们指出新卯家的人,人们说他一家子都跑了。

那些女人们，跌坐在地上，身子使劲往下缩，央告着前面的人把自己压在下面。当母亲的用衣襟盖住孩子的脸，用腿压住自己的女儿。在灯影里，她们尽量把脸转到暗处，用手摸着地下的泥土涂在脸上。身边连一点柴禾丝也没有，有些东西掩盖起自己就好了。

敌人不容许这样，要人们直直地跪起来，把能找到的东西放在人们的手里，把一张铁犁放在一个老头手里，把一块门扇放在一个老婆手里，把一根粗木棍放在一个孩子手里，命令高高举起，不准动摇。

敌人看着人们在那里跪着，托着沉重的东西，胳膊哆嗦着，脸上流着汗。他们在周围散步，吸烟，详细观看。

浅花托着一个石砘子，直着身子跪着，肚子里已经很难过，高举着这样沉重的东西，她觉得她的肠子快断了。脊背上流着冷汗，一阵头晕，她栽倒了。敌人用皮鞋踢她，叫她再跪好，再高举起那东西来。

夜深了，就是敌人也有些困乏，可是人们还得挣扎着高举着那些东西。

灯光照着人们。照在敌人的刺刀上，也照在浅花的脸上，一点血色都没有，流着冷汗。她知道自己就要死了，她想思想点什么，却什么也不能想。

她眼里冒着金星，在眼前飞，飞，又落下，又飞起来。

谁来解救？一群青年人在新卯的小菜园集合了，由那外路人带领，潜入了村庄，趴在房上瞄准敌人脑袋射击。

敌人一阵慌乱，撤离了村庄。他们把倒在地下的浅花抬到园子里去。

不久，她就在洞里生产了。

洞里是阴冷的、潮湿的，那是三丈深的地下，没有一点光，大地上的风也吹不到这里面来。一个女孩子在这里降生了，母亲给她取了个名，叫"藏"。

女孩子的第一次哭声只有母亲和那深深相隔不远的井水能听见，哭声是非常悲哀和闷塞的。

在外面的大地里，风还是吹着，太阳还是照着，豆花谢了结了实，瓜儿熟了落了蒂，人们还在受着苦难，在田野里进行着斗争。

一九四六年十月重改于河间

蒿 儿 梁

　　一九四三年，敌人冬季"扫荡"开始了，杨纯医生带着五个伤员，和一个小女看护，名叫刘兰，转移到繁峙五台交界地方，住在北台脚下的成果庵里。五台山有五个台顶，北边的就叫北台。这是有名的高山，常年积雪不化，六月天走过山顶，遇见风雹，行人也会冻死。

　　一条石沟小河绕着成果庵的粉墙急急流过。站在成果庵的大殿台阶，可以看到北台顶上雄厚的雪堆。

　　这几天情况紧急，区委书记夜里来通知杨医生，叫他往山上转移，住到蒿儿梁去。

　　他们清早出发，杨医生走在前面，招呼着担架，轻抬轻放，脚下留神，不要叫冰雪滑倒。他看好平整的地方，叫大家放下擦擦汗休息一下，就又往上爬。

　　刘兰跟在担架后面，嘴里冒着热气，一步一步挨上来。杨医生把她的卫生包接过来，挂到自己身上。

　　他的身上，东西已经不少。一支大枪，三十粒子弹，五个手榴弹，一个皮药包。两条米袋像围巾一样缠在他的脖子里。背上，他自己的被包驮着刘兰的被包。他挺身走着，山底子鞋啪啦啦沉重地响着。

"杨医生,我们的药棉又不多了。"刘兰跟在后面说。

"到蒿儿梁,我们做。"

"怎么着弄个消毒的小锅吧,做饭的大锅,真不好刷干净,老百姓也不愿意叫使!"

"这也要到蒿儿梁想办法。"

刘兰又问:

"伤号光吃莜麦不好吧?"

"到蒿儿梁,弄些细粮吃。"

"蒿儿梁,蒿儿梁!到了蒿儿梁,我们找谁呀?"

"找妇救会的主任。区委书记没说她叫什么名字,只说一打听女主任,谁也知道。"

他们顺着盘道往上走,转过三四个山头才看见在前面的山顶上,有一个小村庄。这小村庄叫太阳照得发光,秃秃的没有一棵树,靠它西边的山上,却有一大片叫雪压着的密密的杉树林;隔着山沟,可以听见在树林边缘奔跑的麋子的尖叫。村庄里有一只雄鸡也在长鸣。再绕过一个山头,看见有一洼泉水,周围结了厚冰,一条直直的小路,通到村里去。村里的人吃这个泉的水。村庄不远了。

这个不到三十户的小村,就叫蒿儿梁。

女主任去住娘家了,还没有回来,主任的丈夫,一个五十来岁的粗壮汉子,把他们安排到一间泥墙草顶的小小的南屋里,随着粮秣送来了茅柴,就点火烧起炕来。

杨纯到村庄周围转了一转。都是疏疏落落的草顶泥墙小房,家家也都没有篱笆。村里村外,只有些小小的莜麦秸垛,盖着厚雪。街道上，担水滴落，结了一层冰。全村只有一棵歪把的老树，但遍山坡长着那么一丛丛带刺的小树，在冰天雪地，满挂着累累的、鲜艳欲滴的红色颗粒。

人们轻易不出门，坐在炕上，拨弄着一盆红红的麦秸火。妇女们出来一下子，把手插在腰里，又赶紧跑到屋里去。

女主任的丈夫，在院里备好一匹小毛驴，出门去了。第二天，把主任接了回来。

到了里院，主任才从毛驴上跳下。她不过二十五岁，披着一件男人的深黑面的黑羊皮袄，紫色的圆顶帽子装饰着珠花。她嘻嘻地笑着跑到南屋里来。她的相貌，和这一带那些好看的女人一样，白胖胖的脸，鲜红的嘴唇和白牙齿。她看了刘兰一眼，又看了杨纯一眼，笑着不说话。刘兰让她到炕上暖和，她说：

"这是俺的家，我要让你们哩！"

杨纯说：

"你就是主任呀？我们把你的房子占了。"

"不要紧！"主任说，"老头子说你们来了，我真高兴。"她伸过手去摸了摸炕席说："好，炕还热。不行哩，我们这个地方冷呀！有人给你们做饭？"

刘兰说："有。"

"一会儿，我给你们搓窝窝吃，别看我们蒿儿梁村小，我搓的窝窝可远近知名哩！"

响午，主任推门进来。她脱去了羊皮衣，穿一件破旧的红棉袄，怀抱着一大块光亮的黄色琉璃瓦，这是搓莜面窝窝的工具，她说是托人到台怀买来的。她站立在炕边，卷起袖子。搓的窝窝又薄又小，放得整整齐齐。

"好妹妹!"主任笑着对刘兰说,"我叫你头一回吃这么讲究的饭食,你离开蒿儿梁,你要想蒿儿梁哩!"

"我不想蒿儿梁,这个冷劲我受不了!"刘兰也笑着说。

杨纯说:

"你要想蒿儿梁的窝窝吃哩!"

"对了,你要想我这手艺哩!"主任笑着把手掌拍一拍。

"为什么你的胳膊那么胖?"刘兰问,"是吃莜麦吃的?"

"享福享的吧!"主任说,"这几年我是胖了,那几年,我比你还瘦哩,我的好妹子! 有工夫,我要和你说一说我受的苦哩!"

夜间,主任叫刘兰搬到她新拾掇好,烧了炕的小东屋里去睡,打发她的男人,到别人家去睡了。这一夜,主任把头放在刘兰的枕上,叙说她的身世。她说:

"我家在川里,从小给地主家当丫头使唤。十六岁上,娘才把我领回家,嫁给这里,我今年二十五,男人比我大一半。他是个实落人,也知道疼我。我觉着比在地主家里受人欺侮强多了。这几年,减了租子,我们也能吃饱,又没有孩子累着,我就发胖了。"

"我问问你,"主任从枕上抬起头来,"我们的仗,又打得不好吗,怎么你们又跑到这个野地方来?"

"仗打得好。"刘兰说,"这是伤号,要找个安稳地方。"

"我就怕咱们的仗打败了!"主任长舒一口气,"我们种的是川里地主家的地,咱们胜了,他就不敢山上来,你们一定,他就派人来吓唬我。我就盼咱们打胜仗,要把川里也占了,咱们的日子会更好过哩! 那时,这地,就成了咱自己的吧?"

"对了,以后,谁种的地就是谁的。"

"我想,总得是那样。"主任说,"不把敌人打走,我的命还在人家手心里攥着哩!"

"为什么?"

"我娘把我领出来,嫁给了这里。那家地主看见我出息得好了,生了歪心哩! 他叫人吓唬我,叫我回去,又吓唬我的男人,说叫三亩地换了我。他杂种想算着吧! 他觉着我还是那几年,给他当奴才的时候哩!"

停了一会儿,她说:"妹子,我就靠着你们,把仗打好了,我们就都熬了出来。你困了吧,靠近我点睡,就会暖和些。"

刘兰每天的工作,是烧开水,煮刀剪镊子消毒,团药棉。这些事情,主任全帮她做,她好问,又心灵手巧,三两天,就学会了。她帮着刘兰给伤号们去换药,和他们说笑,伤员们听刘兰说,主任搓的窝窝好,就争着求她做饭,这样一来,她就整天卷着两只袖子,带着两手面,笑出来,笑进去。

在这小庄上,也还只有莜麦面和山药蛋吃。不管怎样变,也还是莜麦面和山药蛋,不久伤员们就吃腻了,想吃点别的,杨纯到处打听,想给他们弄些白面、羊肉、白菜和萝卜吃。可是在这小庄上,你休想找到这些东西,问到那些老人,老人们说:庄子上有的东西,凭是多么贵重,我们也给你们吃;要淘换这些东西,除非是到川里。

自从添了这么七个生人,小庄上热闹起来,两盘碾子整天不闲,有时还要点上灯推莜麦,青年人要去放哨、坐探,小孩子要去送信砍柴,妇女们拆洗伤员的药布衣服,分班做饭。全村每个人都分担了一点责任,快乐并且觉得光荣。

整个小村庄在热情地支援帮助这个小小的队伍,杨纯不愿

再多麻烦他们。他和主任商量,主任笑着说:

"你站在这个梁上想大米白面吃,那就难死了,你可以到川里去找。"

杨纯说:

"情况这么紧,怎么能到川里去?"

主任说:

"敌人都到山里'扫荡'了,川里这会儿空着哩,不要紧,你去吧,那里什么都现成!"

"你看,我是离不开!"杨纯说。

"离不开你的伤员,怕他们受了损失?"主任说,"你还是不信服我们这小庄子。你把他们交给我,放心去吧!"

杨纯没有答声。他不能离开这些伤员,他觉得就像那些母亲,在极端困难的时候,也不能放下那拖累着的孩子一样。主任望着他说:

"要不,你给我写个信,我去。"

杨纯说:

"那也不好。"

"你这人,这样也不好,那样也不好,你可就拿出你那巧妙办法来呀!"

"我怕你遇见危险。"

"我遇不见危险。"主任说,"就是遇上我也认了。你怕我碰上鬼子? 碰上他们,他们也没办法,他们捉不住那满山野跑的麕子,就捉不住我。"

"那就让你跑一趟吧!"杨纯说。

他给川里负责的同志写了信,主任看着他把图章盖得清清楚楚，才收起来，放在棉袄的底襟里，披上她那件大皮袄，就向杨纯告辞。杨纯把她送到村北口那棵歪老的树下面，对她说：

"去到川里，见到熟人，千万可别说，咱这庄上住着八路！"

主任笑了一笑，用她那胖胖的手掌把嘴一盖，说：

"我这嘴严实着哩！"她看了杨纯一眼，接着说："杨同志，我不佩服你别的，就佩服你这小小的年纪，办事这么底细，心眼这么多！"

她转身走了，踢着路上的雪和石子。转过山坡，她好像又想起了什么，转身回来，喊道："杨同志，我们当家的病了，你去给他看看吧！"

杨纯问：

"什么病呀？"

"准是受了风寒，你给他点洋药吃吧！"

她那清脆的声音，在山谷里，惊起阵阵的回响。

杨纯回到家里，带上药包，去给主任的丈夫看病。他住在游击组员名叫青儿的小屋里。杨纯推门进去，老人笑着让他坐。杨纯说：

"不舒服吗？我给你带了药来。"

老人说：

"不要紧。只有些头痛，不用吃药。药很贵的，我一辈子没吃过药。"

青儿笑着说：

"哥哥吃点药吧，吃了药，同志也不跟我们要钱！"

杨纯爬过去，摸一摸他的横着深刻皱纹的前额，又摸一摸他的暴露着粗筋的脉，说：

"不要紧，叫兄弟给你烧些水，吃点药就会好了。"

杨纯给老人包出药来，青儿点火烧水。

老人说：

"一定是她告诉了你。"

杨纯说：

"你说的是主任呀？"

老人说：

"是她。黑间她来了，我说不要紧，叫她回去了。同志，她还年轻，我愿意叫她多给咱们做些事！"

停了一会儿，老人又说："同志，什么时候，我们的天下就打下来？什么时候，把川里的敌人也打走就好了。同志，穷人过着日子，老是没有个底确哩！"

青儿烧着火说：

"哥哥光担心他这几亩地，怕地主再上山来逼人。这两天，看见情况不好，就又病了。"

杨纯安慰鼓励了老人一番。

隔了一天，老人的病好了，可是情况更紧了，他和杨纯商量，在附近山里，找个严实地方，预备着伤员们转移。

吃过晌午饭，他带着杨纯，从向西的一条山沟跑下去。

到了山底，他们攀着那突出的石头和垂下来的荆条往上爬，半天才走进了那杉树林。树林里积着很厚的雪，向阳的一面，挂满长长的冰柱。不管雪和冰柱都掩不住那正在青春的、翠绿的杉树林。这无边的杉树，同年同月从这山坡长出，受着同等的滋润和营养，它们都是一般茂盛，一般粗细，一般在这刺骨的寒风里，茁壮生长。树林里没有道路，人走过了，留下的脚印，不久就又被雪掩盖。主任的丈夫指给杨纯："那边有一个地窖。"又说："从这后面上去，就是北台顶，敌人再也不能上去！"

他找着那条陡峭的小路，小路已经叫深雪掩盖，他扒着杉树往上走，雪一直陷到他的大腿那里。他往上爬，雪不断地从他脚下滚来，盖住杨纯。杨纯紧紧跟上去，身上反倒暖和起来，流着汗。主任的丈夫转脸告诉他：把你的扣子结好，帽子拉下来，到了山顶，你的手就伸不出来了。

他们爬到一个能站脚的地方，站在那里喘喘气。他们就要登上那大山顶，可是从西北方向刮过一阵阵的风，这风头是这样劲，使他们站立不稳。看准风头过去，主任的丈夫才赶忙招呼杨纯跑上去。

站在这山顶上，会忘记了是站在山上，它是这样平敞和看不见边际，只是觉得天和地离得很近，人感受到压迫。风从很远的地方吹过来，没有声音，卷起一团团的雪柱。

走在那平平的山顶上，有一片片薄薄的雪。太阳照在山顶上，像是月亮的光，没有一点暖意。山顶上，常常看见有一种叫雪风吹干了的黄白色的菊花形的小花，香气很是浓烈，主任的丈夫采了放在衣袋里，说是可以当茶叶喝。

薄薄的雪上，也有粗大的野兽走过的脚印。深夜在这山顶上行走，黄昏和黎明，向着山下号叫，这只配是老虎、豹。

在这里，可以看见无数的、像蒿儿梁那样小小的村庄，像一片片的落叶，粘在各个山的向阳处。可以看见台顶远处大寺院的粉墙琉璃，可以看见川里的河流，河流两岸平坦的稻田，和地主们青楼瓦舍的庄院。

主任的丈夫说："我们住的这些小村子，都是穷佃户，不是庙里的佃户,就是川里的佃户!"

杨纯站在山顶上,他觉得是站在他们作战的边区的头顶上。千万条山谷,纵横在他的眼前,那山谷里起起伏伏,响着一种强烈的风声。冰雪伏藏在她的怀里,阳光照在她的脊背上。瀑布,是为了养育她的儿女,永远流不尽的乳浆,现在结了冰,一直垂到她的脚底!

杨纯想到:他的同志们,他的队伍,正在抵挡这寒冷的天气,熬受着锻炼,他们穿着单薄的军衣,背着粗糙食粮,从这条山谷,转战到那个山头,人民热望他们胜利。

远处,那接近冀中平原的地方,腾起一层红色的尘雾。那里有杨纯的家。他好像看见了他那临河的小村庄,和他那两间用土坯垒起的向阳的小屋,那里面居住着他的母亲。

忽然,主任的丈夫喊:"不好,你来看,敌人到了成果庵吗?"

杨纯看见,在远远山脚下面,成果庵那里点起火,他断定敌人到了那里,天气还早,敌人可能还要往上赶,到蒿儿梁。他隐隐约约听见了山的下面有枪声,那是放哨人的警号!

他们慌忙寻找下山的道路,主任的丈夫跑在前边。他们从雪上往下滑,石头和荆条撕碎了他们的衣裳,手上流着血。

杨纯心里阵阵作痛,他离开了受伤的同志,使他们遭受牺牲!

当他们跑进那通到村里去的山沟,他们迎见了主任!她满脸流着汗,手拉着跟踉跑来的刘兰!在她旁边是由蒿儿梁老少妇女组成的担架队,抬来了五个伤员。村里听见了警号的枪声,男人们全到了去成果庵的路上,(主任说,她刚回到家里,去伏击敌人了。)妇女们跑来和她商量把伤员转移到哪里去,她决定到这个地方来。凡是有力量的,都在担架上搭一把手,把伤员送了出来!

她们把伤员抬到了杉树林的深处,安置在地窖里。她们还抬来主任从川里弄来的粮食和菜蔬,妇女们也都带了干粮来。

主任的丈夫回到村里探消息。

夜晚,飘起雪来,妇女们围坐在地窖旁边,照顾着伤员。杨纯到前面放哨,主任和刘兰在杉树林的边缘站岗。

她们靠在一棵杉树上,主任把羊皮大衣解开,掩盖着刘兰的头。她们前面有一条小河,河面上已经结了冰,还盖上了很厚的雪,但是那小小的山溪冲激得很厉害,在厚厚的冰下面,还听到它那淙淙的寻找道路,流向前去的声音。

主任紧紧抱着刘兰。雪飘在她们头上,雪不久掩没了她们的脚;雪飘在她们脸上,但立刻就融化了。刘兰呼吸着从她的胸怀放散的热气,这孩子竟有些困倦。

主任望着前面,借着她的好眼力和雪光,她看见杨纯,那个青年人,那个医生,那个同志,抱着一支大枪,站在山坡一块突出的尖石上。他那白色毡帽,成了一顶雪帽,蓝色的大棉袄背后,也落上一层厚雪。杨纯站在那里,尖着耳朵,听着山谷里的一切声音。不久,他跺一跺脚上的雪,从石头上轻轻跳下来,走到主任的面前说:

“蒿儿梁什么声音也没有,敌人想是在成果庵过夜了,看黎明的时候吧!”

主任说:

“要紧的时候,我们就转移到山顶上去,原班人马都在这里!”

又说："刘兰睡着了,就叫她这么着睡一会儿吧!"

杨纯说:

"你们帮助了我们!"

"我们不是自己人?"主任笑着问。

"这就叫鱼帮水,水帮鱼吧!"杨纯也笑着说。

主任问:

"谁是水,谁是鱼?"

"老百姓是水,我们是鱼!"杨纯说。

"你这比方打错了!"主任说,"老百姓帮助你们,情愿把心掏给你们,为什么? 这为的是你们把我们救了出来!"

一九四九年一月十二日于胜芳河房

碑

　　赵庄村南有三间土坯房，一圈篱笆墙，面临着滹沱河，那是赵老金的家。这老人六十几岁了，家里只有一个五十多岁的老伴和一个十六七岁的姑娘。姑娘叫小菊，这是一个老生子闺女，上边有两个哥哥全没拉扯大就死了。赵老金心里只有两件东西：一面打鱼的丝网和这个女孩子。天明了，背了网到河边去打鱼，心眼手脚全放在这面网上；天晚了，身子也疲乏了，慢慢走回家来，坐在炕上暖脚，这时候，心里眼里，就只有这个宝贝姑娘了。

　　自从敌人在河南岸安上炮楼，老人就更不干别的事，整天到河边去，有鱼没鱼，就在这里待一天。看看天边的山影，看看滹沱河从天的边缘那里白茫茫地流下来，像一条银带，在赵庄的村南曲敛了一下，就又奔到远远的东方去了。看看这些景致，散散心，也比待在村里担惊受怕强，比受鬼子汉奸的气便宜多了。

　　平常，老头子是个宽心人，也看得广。一个人应该怎么过一辈子，他有一套很洒脱很乐观的看法。可是自从敌人来了，他比谁也愁眉不展，比谁也咬牙切齿，简直对谁也不愿意说话，好像谁也得罪了他，有了不可解的仇恨似的。

那个老伴却是个好说好道好心肠的人。她的心那么软，同情心那么宽，比方说东邻家有了个病人，她会吃不下饭，睡不好觉。西邻家要娶媳妇了，她比小孩子还高兴，黑夜白日自动地去帮忙。谁家的小伙子要出外，她在鸡叫头遍的时候就醒来，在心里替人家打点着行李，计算着路程，比方着母亲和妻子的离别的心，暗暗地流泪。她就是这样一个热心肠的人。事变后，她除去织织纺纺，还有个说媒的副业。她不要人家的媒人钱和谢礼，她只有那么一种癖病，看见一个俊俏小伙子，要不给他说成一个美貌的媳妇，或是看见一个美貌的姑娘，不给她找一个俊俏的丈夫，她就像对谁负了一笔债，连祖宗三代也对不起似的。当她把媒说成了，那个俊俏的和美貌的到了一家，睡到一条炕上了，她会在意想不到的时候，就是在那年轻夫妇最从心里感到自己的幸福的时候，突然驾临他们那小小的新房，以至使新郎新娘异口同声地欢呼道：

"咳呀，大娘来了！"

在这样情形下面，她坐下来，仰着脸看着那新媳妇，一直把那新人看得不好意思起来，她才问道：

"怎么样，我给你说的这婆家好不好？"

因为对这媒人是这么感激，新人就是不想作假，也只能红着脸答应一个好字。她又问那个当丈夫的，自然丈夫更爽快利落地感谢了她。这样老婆子破口一笑，心满意足了。

一九四二年"五一"事变以前，晋察冀边区"双十纲领"一颁布，她就自动放弃了这个工作。遇到那二十上下的男子，十八帮近的姑娘们，她还是热心地向他们提说提说，不过最后她总是加个小注，加一段推卸责任的话，那意思就像我们常常说的："这不过是我个人的意见,提出来请你参考,你自己考虑考虑吧。"

至于那个叫小菊的姑娘,虽说从小娇生惯养,却是非常明理懂事。她有父亲一样的安静幽远,有母亲一样的热情伶俐。从小学会了织纺,在正发育的几年,恰好是冀中的黄金时代,呼吸着这种空气,这孩子在身体上、性情上、认识上,都打下了一个非常宝贵非常光彩的基础。三间土坯北房,很是明亮温暖,西间是一家人的卧室,东间安着一架织布机,是小菊母女两个纺织的作坊,父亲的网也挂在这里。屋里陈设虽说很简单,却因为小菊的细心好强,拾掇得异常干净。

"五一"以后,这一间是常住八路军和工作人员的。大娘的熟人很多,就是村干部也不如她认识人多。住过一天,即便吃过一顿饭,大娘就不但记住了他的名字,也记住了他的声音。

这些日子,每逢赵老金睡下了,母亲和女儿到了东间,把窗户密密地遮起来,一盏小小的菜油灯挂在机子的栏杆上,女儿蹬上机子,母亲就纺起线来。

纺着纺着,母亲把布节一放,望着女儿说:

"八路军到哪里去了呢?怎么这么些日子,也不见一个人来?"

女儿没有说话,她的眼睛还在随着那穿来穿去的梭流动,她听清了母亲的话,也正在想着一件事情,使她茫然的有些希望,却也茫然的有些忧愁的事情。

母亲就又拾起布节纺起来,她像对自己说话一样念叨着:

"那个李连长,那年我给了他一双白布夹袜。那个黑脸老王,真是会逗笑啊!他一来就合不上嘴。那个好看书写字的高个子,不知道他和他那个对象结了婚没有?"

现在是十月底的天气，夜深了，河滩上起了风，听见沙子飞扬的声音。窗户也呼嗒呼嗒地响。屋里是纺车嗡嗡和机子挺拍挺拍的合奏，人心里，是共同的幻想。

母亲忽然听见窗户上啪啪地响了两下，她停了一下纺车，以为是风吹的，就又纺起来。立时又是啪啪啪的三下，这回是这么清楚，连机子上的女儿也听见了，转眼望着这里。

母亲停下来小声地对女儿说：

"你听听，外面什么响？"

她把耳朵贴到窗纸上去，外面就有这么一声非常清楚、熟悉又亲热的声音：

"大娘！"

"咳呀！李连长来了！"母亲一下就出溜下炕来，把纺车也带翻了。女儿又惊又喜地把机子停止，两手按着杼板，嘱咐着母亲：

"你看你，小心点。"

母亲摘下灯来，到外间去开了门，老李一闪进来，随手又关了门，说：

"大娘进来吧！小心灯光射出去。"

大娘同老李到了屋里，老李手里提了一把盒子，身上又背一棵大枪，穿一件黑色短袄黑色单裤，手榴弹子弹袋缠满了他的上半截身子。他连坐也没顾得坐，就笑着对大娘说：

"大伯在家吗？"

"在家里。干什么呀，这么急？"大娘一看见老李那大厚嘴唇和那古怪的大鼻子，就高兴地笑了。

"我们有十几个人要过河，河里涨了水，天气又凉不好浮。

看见河边有一只小船,我们又不会使,叫起大伯来帮帮忙。"

小菊叫着,连忙从机子上下来到西间去了。

"十几个人,他们哩?"大娘问。

"在外边。我是跳墙进来的。"老李说。

看见老李那么急得站不住脚,大娘看定了老李,眼里有些酸。

"你知道你们这些日子没来,我是多么想你们呀!"

老李心里也有很多话要说,可是他只能笑着说:

"我们也想你,大娘。我们这不是来了吗?"

"来了,做点吃的再走。"大娘简直是求告他,见有机会就插进来。

"不饥。"

"烧点水?"

"不渴,大娘。我们有紧急的任务。"老李就转眼望着西间。

"那你就快点吧!"大娘叹息地向着西间喊了一声。

"来了。走吧,同志。"老金已经穿好衣服,在外间等候了。

老金在院里摸着一支篙。大娘开了篱笆门送了他们出去。她摸着在门外黑影里等候着的人们说:

"还有我认识的不?"

"有我,大娘。"

"大娘,有我。"

有两个黑影子热情激动地说着,就拉开队走了。

大娘掩好门,回到屋里,和女儿坐在炕上。她听着,河滩里的风更大了,什么声音也听不见。但是她还是听着,她在心里听见,听见了那一小队战士发急的脚步,听见了河水的波涛,听见了老李受了感动的心，那更坚强的意志，战斗的要求。

娘儿俩一直听着，等着。风杀了，一股寒气从窗子里透进来。

小菊说：

"变天了。娘，地下挺冷，我换上我那新棉裤吧！"

"你换去吧！谁管你哩。"

小菊高兴地换上她那新做的，自己纺织自己裁铰的裤子。窗纸上已经结上了一团团的冰花。老金回来，他的胡子和鬓角上挂着一层霜雪。他很忧愁地说：

"变天了，赶上了这么个坏天气！要是今黑间封了河，他们就不好过来了。"

一家三口，惦记着那十几个人，放心不下。

早晨，天没亮，大娘就去开了门。满天满地霜雪，草垛上、树枝上全挂满了。树枝垂下来，霜花沙沙地飘落。河滩里白茫茫什么也看不见。

当大娘正要转身回到屋里的时候，在河南边响起一梭机枪。这是一个信号，平原上的一次残酷战斗开始了。

机枪一梭连一梭，响成一个声音。中间是清脆沉着的步枪声。一家人三步两步跑到堤埝上，朝南望着。

枪声越紧也越近，是朝着这里来了。村里乱了一阵，因为还隔着一条河，又知道早没有了渡口，许多人也到村南来张望了。只有这一家人的心里特别沉重，河流对他们不是保障，倒是一种危险了。

树枝开始摇动，霜雪大块地往下落。风来了，雾也渐渐稀薄。枪声响到河南岸，人们全掩藏到堤后面去了。

他们这叫观战。长久的对战争的想望，今天才得到了满足。他们仔细地观察，并且互相答问着。

雾腾起，河流显出来，河两边水浅的地方，已经结了冰，中间的水流却更浑浊汹涌了。

他们渐渐看见一小队黑衣服的战士，冲着这里跑来。他们弯着身子飞跑，跑一阵就又转回身去伏在地上射击。他们分成了三组，显然是一组对付着一面的敌人。敌人也近了，敌人从三个方向包围上来，形成了一个弓背。这一小队黑衣服的战士就是这个弓的弦，是这弦牵动着那个弓背，三面的敌人迅速地逼近他们。

"那穿黑衣裳的是我们八路军！夜里才过去的。"小菊兴奋又担心地，大声告诉她身边的人。

这一小队人马，在平原上且战且走。他们每个人单独作战，又连接成了一个整体，自己留神是为的保护别人。在平原上初冬清晨的霜雾里，他们找到每一个可以掩蔽自己的东西：小壕沟、地边树、坟头和碑座，大窑疙瘩和小树林。他们在那涂满霜雪的小麦地里滚过来了。

这自然是败退，是突围。他们一个人抵挡着那么些个敌人。三面的敌人像一团旋转的黄蜂，他们飞上飞下，迫害着地面上的一条蜈蚣。蜈蚣受伤，并且颤抖了一下，但就是受伤的颤抖，也在观战人的心里形成了悲壮的感觉。

人们面前的土地是这样的平整和无边际。一小队人滚动在上面，就像一排灿烂的流星撞击在深夜的天空里，每一丝的光都在人们的心上划过了。

战争已经靠近河岸。子弹从观战人们的头顶上吱吱地飞过去。人们低下头来，感到一种绝望的悲哀。他们能渡过这条河吗？能过来可就平安了。

赵老金忘记了那飞蝗一样的子弹，探着身子望着河那边。他看见那一小队人退到了河边。当他们一看出河里已经结了冰，中间的水又是那么凶的时候，微微踌躇了一下。但是立刻就又转过身去了，他们用河岸作掩护，开始向三面的敌人猛烈地射击。

老金看出来：在以前那么寡不敌众，那么万分危险的时候，他们也是节省了子弹用的。现在他们好像也知道是走到一条死路上来了。

他们沉着地用排枪向三面的敌人射击。敌人一扑面子压过来，炮火落到河岸上，尘土和泥块，掩盖了那一小队人。

老金看见就在那烟火里面，这一小队人钻了出来，先后跳到河里去了。

他们在炮火里出来，身子像火一样热，心和肺全要爆炸了。他们跳进结冰的河里，用枪托敲打着前面的冰，想快些扑到河中间去。但是腿上一阵麻木，心脏一收缩，他们失去了知觉，沉下去了。

老金他们冒着那么大的危险跑到河边，也只能救回来两个战士。他们那被水湿透的衣裳，叫冷风一吹，立时就结成了冰。他们万分艰难地走到老金的家里。村北里也响起枪来，村里大乱了。母女两个强拉硬扯地给他们脱下冻在身上的衣服，小菊又忙着到东间把自己的新棉裤换下来，把一家人过冬的棉衣服叫他们穿上，抱出他们的湿衣服去，埋在草里。

大娘含着两眼热泪说：

"你们不能待着，还得走，敌人进村了！"

她送他们到村西的小交通沟里，叫他们到李庄去。到那里再暖身子吃饭吧。她流着泪问：

"同志！你们昨晚上过去了多少人？"

"二十个。就剩我们两个人了！"战士们说。

"老李呢？"

"李连长死在河里了。"

这样过了两天，天气又暖和了些。太阳很好，赵老金吃过午饭，一句话也不说，就到河边去了。他把网放在一边，坐在沙滩上抽一袋烟。河边的冰，叫太阳一照，乒乓地响，反射着太阳光，射得人眼花。老金往河那边望过去，小麦地直展到看不清楚的远地方，才是一抹黑色的树林，一个村庄，村庄边上露出黄色的炮楼。老金把眼光收回来。他好像又看见那一小队人从这铺满小麦的田地里滚过来，纵身到这奔流不息的水里。

他站立起来，站到自己修好的一个小坝上去。他记得很清楚，那两个战士是从这个地方爬上岸来的。他撒下网去，他一网又一网地撒下去，慢慢地拉上来，每次都是叹一口气。

他在心里祝告着，能把老李他们的尸首打捞上来就好了，哪怕打捞上一支枪来呢！几天来只打上一只军鞋和一条空的子弹袋。就这点东西吧，他也很珍重地把它们铺展开晒在河滩上。

这些日子，大娘哭得两只眼睛通红。小菊却是一刻不停地织着自己的布，她用力推送着机子，两只眼狠狠地跟着那来往穿送的梭转。她用力踏着蹬板，用力卷着布。

有时她到河岸上去叫爹吃饭，在傍晚的阳光里，她望着水发一会儿呆，她觉得她的心里也有一股东西流走了。

老头固执得要命,每天到那个地方去撒网。一直到冬天,要封河了,他还是每天早晨携带一把长柄的木锤,把那个小渔场砸开:"你在别处结冰可以,这地方得开着!"于是,在冰底下憋闷一夜的水,一下就冒了上来,然后就又听见那奔腾号叫的流水的声音了。这声音使老人的心平静一些。他轻轻地撒着网。他不是打鱼,他是打捞一种力量,打捞那些英雄们的灵魂。

　　那浑黄的水,那卷走白沙又铺下肥土的河,长年不息地流,永远叫的是一个声音,固执的声音,百折不回的声音。站立在河边的老人,就是平原上的一幢纪念碑。

一九四六年春于冀中

丈　夫

今天是中秋节日,可是还有一场黑豆没打。上午,公公叫儿媳妇把场摊上,豆叶上满带着污泥,发着臭气。日本黑心鬼,偷偷放了堤,淹了老百姓,黑豆没长好,豆子是秕秕的。草不好,黄牛也瘦了。儿媳妇站在场里没精打采的。年景没有了,日子不好过,丈夫又没消息。去年,他还在近处,八月十三那天还抽空回家来看了看,她给他做了一件新棉袄,两个人欢天喜地。八月节,应该团圆团圆;她给他做了猪肉菜,很丰富。今年,鬼子从四月里翻天搅地,丈夫不知道到哪里去了。去年他留给她一个孩子,在地洞里生产下来,就死掉了。她没有力气,日子过着没心思。

吃过中午饭,她带着老二孩子,要去娘家看看,解解闷。和公公说了说,公公也没阻挡。只说早去早回,路上不安静。她什么也没拿,拉起孩子的手,向东走去了。孩子去姥姥家,很高兴,有一句没一句地问娘:

"今儿个八月十五吗? 娘。"

"是啊!"

"叫我吃什么?"

"什么也不叫你吃！"

她说过，又怜惜起孩子来。孩子才七岁，在炮火里跟着跑了四五年了，不该这么斥打她，就转过话来笑着说：

"还记得爹吗？"

"记得呀！"

"爹在哪里呢？"

"在铁道西啊！"

"在那里干什么？"

"打日本啊！"

娘笑了。丈夫在家就喜欢这个孩子，临走总嘱咐她好好教养着。她想，那个人倒不恋家，连对她也像冷冷的，对这个孩子却连住了心。就为这个，她竟觉着有保障了，又和孩子说：

"爹什么时候回来？"

"过年的时候回来。"

"你知道？"

"可不是，我知道。"

"爹回来干什么？"

"回来打日本。"

孩子念叨起爹那枪来。爹叫她看过枪，爹对她说枪是打日本的。她想现在日本很多了，常到村里来，爹该回来打日本了！这里日本多，不到这里打，到哪去打哩！

娘儿俩说着，就到了娘家村里，本来只离着三四里地。

到家里，姥姥正坐在炕上。

"你看人家多么热闹，人家也都是养儿养女的。"姥姥说，嘴角却有些讥笑。

"谁家?"女儿问。

"你婶子家。"

"热闹什么?"

"你大姐来了,她女婿也来了。"

"她女婿不是在这里当伪军?"

"现在人家敢出来了,三天一来,两天一来,来了就嘻嘻哈哈。"

姑娘想起她是和这个大姐一年出嫁的。她两个同岁,她大姐嫁了一个独生子,她也嫁了一个独生子。她大姐的女婿在绸缎店里当学徒,她的女婿在保定府上中学。那年正月里,两个女婿来住丈人家,大姐的女婿好赌钱,整天在家里成局;自己的女婿好念书,整天在家里翻书本。她那时候还不高兴自己的女婿这么呆气,人家那么好玩,好说笑,街上的青年子弟都找人家去热闹,自己的女婿这么孤僻,整天没个人来,只有几个老头子称赞。她想,现在该是玩的,在学堂里有多少书念不了,倒跑到这里来用功? 晚上,她悄悄地对他说:

"你也玩玩去,书里有什么好东西,你那么入迷?"

"你不知道。"

"不是我不知道,你看人家多快活?"

"你叫我和他们比呀?"

"和人家比比,你丢什么人,人家比你少什么?"

"你不懂事。"

丈夫睡了,她也不好意思再问,新婚的夫妻,她只有柔顺。夜半醒来,她又说:

"我说错了话吗?"

"你知道的事很少。"

"我怎么就知道的多了？"

"你念念书，可是来不及了。"

"我不念那个，可是，我要说错了话，你可别记在心里呀！"她靠近靠近他。

后来丈夫走了，很少家来，不在北平，就在上海。大姐的女婿却常来，穿得好，一来就住下，嘻嘻哈哈；她很羡慕大姐幸福，自己倒霉，埋怨丈夫不家来，忘了她。可是丈夫并没有忘了她，有时家来，也很爱她，她生了一个小孩，丈夫也很喜欢，只是怨她不识字，知道的事少。她说：

"你不会呆在家里？"

"我不能。"

"怎么人家能呢？"

"谁？"

"大姐的女婿。"

"咳，你又叫我和他比！"

女婿又生气了。她就害怕他生气，赶紧解释：

"家里又不缺吃不缺穿，你非出去干什么？"

"你不知道。"

"你出去又不挣个大钱。"

"非挣钱不能出去吗？"

"家里不舒服？"

"不舒服。"

这回是生气了。家里不舒服，外边有什么舒服的事情？她疑心了。可是看看丈夫还是整天看书，书一箱一箱的，翻翻这本，又翻翻那本，破的就包上个皮，不嫌个麻烦。她觉得丈夫喜欢书，就像她喜欢布似的，她喜欢各色样花布，丝的，麻的，她把它们包在一个一个小包裹里，没事就翻着玩，有时找出一块来给孩子做件小衫裤，心里很高兴。她想，丈夫写字，念书，就和她找布做衣服一样。

抗战了，丈夫立时参加了军队。把洋布衣服脱下来，换上粗布军装。两条瘦腿，每天跑百八十里路，也有了劲了。她大姐的丈夫店铺叫日本鬼子抢了，也回到家来，守着女人孩子过日子，看看地，买买菜，抱抱孩子，烧烧火，替大姐做很多事。她可不明白自己的丈夫的心思，有一天她问他：

"为什么你出去受罪？"

"抗日是受罪？你真糊涂透了。"

"可是为什么人家不出去？"

"谁？"

"大姐的女婿。"

"呸，呸，你又叫我和他比。"

渐渐，她也觉得丈夫不能和那个人比。村里人说自己的丈夫好，许多人找到家里来，问东问西。许多同志、朋友们来说说笑笑，她觉得很荣耀。日本鬼子烧杀，她觉得不打出去也没法子过。大姐的女婿在村里人缘很不好，一天夜里叫土匪绑了票，后来就不敢在家里呆，跑到天津去了，大姐整天哭，没离开过丈夫，不知道怎么好。过了一年，那个人偷偷回来了。抽上了白面儿，还贩卖白面儿，叫八路军捉了，押了两个月，罚了一千块钱，他就跑到城里当了伪军，日本鬼子到他媳妇的娘家村里来抢东西，他也跟着来，戴着黑眼镜。后来，又反了正，坐在欢迎大会的戏台上看戏,戴着黑眼镜,喝着茶水,吃花生。

那天她也去看戏,有人指给她说:

"你看见那个人吗?"

"谁?"

"你大姐夫啊!你都不认识了!"

"呀,那是他?"

她脸上红红的了。

自己的丈夫越来越忙,脸孔虽然黑了,看来,倒壮实了些。仗打得越紧,她越恨日本鬼子了,他也轻易不家来了。她守着孩子过日子,侍候着公公。上冬学,知道了一些事,其中就有她以前不知道的丈夫的心里的事,现在才知道了些。

今年,日本鬼子占了县城附近的大村镇,听到她的大姐夫又当了伪军。从此,她就更瞧不起他,这是个什么人呀!今天,娘却提到了他。正提到了他,大姐就来了。大姐听说妹子来了,姐妹好几年不见面,来看望她,手里托着一包点心。身上穿着花丝葛,脸孔白又胖,挺着大肚子,乍一见面很亲热,大姐说:

"你家他爹可有信?"

"没有啊!"

"说起来,人家他有志气,抗日光荣,可是留下了这些孩子们。"大姐说着就拉过孩子,叫孩子吃点心,问孩子:

"你想爹吗?"

"想啊!"

"快叫娘把他叫回来。"

"叫回来,打日本吧!"孩子兴奋地说。

大姐立时没话说,脸也红红的,像块生猪肝。姥姥也笑了。

"听说你女婿又来了。"

"早走了。"

"怎么这么快就走了?"

"有事。"大姐坐不住,告辞了出去。走到屋门口又回来,小声说:"大妹子,你家他爹回来,你顺便和他学学,就说俺家他爹是不得已,还想出来的。"说过就慌慌地走了。

姥姥说:

"看起这个来可就不光荣。准是又有什么风声吓走了。"

天已经晚了,姑娘带着孩子回来,在路上,她看见一小队人背着枪过去了。她知道一到天晚,就是自己的人;也不害怕,带着孩子走过去。后来回头一看,那一小队人进了她娘家的村了。

到了村头,大孩子正在村边等,见了娘就跑上来小声说:

"大队长到咱家来了!"

"哪个大队长?"

"县游击大队长,黑脸大个子老李呀,娘忘了,去年和爹一块来拿过书,吃过羊肉饺子的。"

"说什么来?"

"有爹的信,爷正看哩。"

母子两个人赶紧到了家里,公公正坐在场里碌碡上,戴着花镜念信,儿媳妇回来,就说:

"信来得巧,今年的节我又过痛快了!"

媳妇当然更快活,快活了一晚上,竟连那圆圆的月亮也忘了看。

一九四二年中秋节夜记于阜平

芦花荡

—— 白洋淀纪事之二

　　夜晚，敌人从炮楼的小窗子里，呆望着这阴森黑暗的大苇塘，天空的星星也像浸在水里，而且要滴落下来的样子。到这样深夜，苇塘里才有水鸟飞动和唱歌的声音，白天它们是紧紧藏到窠里躲避炮火去了。苇子还是那么狠狠地往上钻，目标好像就是天上。

　　敌人监视着苇塘。他们提防有人给苇塘里的人送来柴米，也提防里面的队伍会跑了出去。我们的队伍还没有退却的意思。可是假如是月明风清的夜晚，人们的眼再尖利一些，就可以看见有一只小船从苇塘里撑出来，在淀里，像一片苇叶，奔着东南去了。半夜以后，小船又漂回来，船舱里装满了柴米油盐。有时，还带来一两个从远方赶来的干部。

　　撑船的是一个将近六十岁的老头子，船是一只尖尖的小船。老头子只穿一件蓝色的破旧短裤，站在船尾巴上，手里拿着一根竹篙。

　　老头子浑身没有多少肉，干瘦得像老了的鱼鹰。可是那晒得干黑的脸，短短的花白胡子却特别精神，那一对深陷的眼睛却特别明亮。很少见到这样尖利明亮的眼睛，除非是在白洋淀上。

老头子每天夜里在水淀出入，他的工作范围广得很：里外交通，运输粮草，护送干部；而且不带一支枪。他对苇塘里的负责同志说：你什么也靠给我，我什么也靠给水上的能耐，一切保险。

老头子过于自信和自尊。每天夜里，在敌人紧紧封锁的水面上，就像一个没事人，他按照早出晚归捕鱼撒网那股悠闲的心情撑着船，编算着使自己高兴也使别人高兴的事情。

因为他，敌人的愿望就没有达到。

每到傍晚，苇塘里的歌声还是那么响，不像是饿肚子的人们唱的；稻米和肥鱼的香味，还是从苇塘里飘出来。敌人发了愁。

一天夜里，老头子从东边很远的地方回来。弯弯下垂的月亮，浮在水一样的天上。老头子载了两个女孩子回来。孩子们在炮火里滚了一个多月，都发着疟子，昨天跑到这里来找队伍，想在苇塘里休息休息，打打针。

老头子很喜欢这两个孩子：大的叫大菱，小的叫二菱。把她们接上船，老头子就叫她们睡一觉，他说：什么事也没有了，安心睡一觉吧，到苇塘里，咱们还有大米和鱼吃。

孩子们在炮火里一直没安静过，神经紧张得很。一点轻微的声音，闭上的眼就又睁开了。现在又是到了这么一个新鲜的地方，有水有船，荡悠悠的，夜晚的风吹得长期发烧的脸也清爽多了，就更睡不着。

眼前的环境好像是一个梦。在敌人的炮火里打滚，在高粱地里淋着雨过夜，一晚上不知道要过几条汽车路，爬几道沟。发高烧和打寒噤的时候，孩子们也没停下来。一心想：找队伍去呀，找到队伍就好了！

这是冀中区的女孩子,大的不过十五,小的才十三。她们在家乡的道路上行军,眼望着天边的北斗。她们看着初夏的小麦黄梢,看着中秋的高粱晒米。雁在她们的头顶往南飞去,不久又向北飞来。她们长大成人了。

小女孩子趴在船边,用两只小手淘着水玩。发烧的手浸在清凉的水里很舒服,她随手就舀了一把泼在脸上,那脸涂着厚厚的泥和汗。她痛痛快快地洗起来,连那短短的头发。大些的轻声呵喝她:

"看你,这时洗脸干什么? 什么时候呵,还这么爱干净!"

小女孩子抬起头来,望一望老头子,笑着说:

"洗一洗就精神了!"

老头子说:

"不怕,洗一洗吧,多么俊的一个孩子呀!"

远远有一片阴惨的黄色的光,突然一转就转到她们的船上来。女孩子正在拧着水淋淋的头发,叫了一声。老头子说:

"不怕,小火轮上的探照灯,它照不见我们。"

他蹲下去,撑着船往北绕了一绕。黄色的光仍然向四下里探照,一下照在水面上,一下又照到远处的树林里去了。

老头子小声说:

"不要说话,要过封锁线了!"

小船无声地,但是飞快地前进。当小船和那黑乎乎的小火轮站到一条横线上的时候,探照灯突然照向她们,不动了。两个女孩子的脸照得雪白,紧接着就扫射过来一梭机枪。

老头子叫了一声"趴下",一抽身就跳进水里去,踏着水用两手推着小船前进。大女孩子把小女孩子抱在怀里,倒在船底上,用身子遮盖了她。

子弹吱吱地在她们的船边钻到水里去,有的一见水就爆炸了。

大女孩子负了伤,虽说她没有叫一声也没有哼一声,可是胳膊没有了力量,再也搂不住那个小的,她翻了下去。那小的觉得有一股热热的东西流到自己脸上来,连忙爬起来,把大的抱在自己怀里,带着哭声向老头子喊:

"她挂花了!"

老头子没听见,拼命地往前推着船,还是柔和地说:

"不怕。他打不着我们!"

"她挂了花!"

"谁?"老头子的身体往上蹿了一蹿,随着,那小船很厉害地仄歪了一下。老头子觉得自己的手脚顿时失去了力量,他用手扒着船尾,跟着浮了几步,才又拼命地往前推了一把。

她们已经离苇塘很近。老头子爬到船上去,他觉得两只老眼有些昏花。可是他到底甩篙拨开外面一层芦苇,找到了那窄窄的入口。

一钻进苇塘,他就放下篙,扶起那大女孩子的头。

大女孩子微微睁了一下眼,吃力地说:

"我不要紧。快把我们送进苇塘里去吧!"

老头子无力地坐下来,船停在那里。月亮落了,半夜以后的苇塘,有些飒飒的风响。老头子叹了一口气,停了半天才说:

"我不能送你们进去了。"

小女孩子睁大眼睛问:

"为什么呀?"

老头子直直地望着前面说：

"我没脸见人。"

小女孩子有些发急。在路上也遇见过这样的带路人，带到半路上就不愿带了，叫人为难。她像央告那老头子：

"老同志，你快把我们送进去吧，你看她流了这么多血，我们要找医生给她裹伤呀！"

老头子站起来，拾起篙，撑了一下。那小船转弯抹角钻入了苇塘的深处。

这时那受伤的才痛苦地哼哼起来。小女孩子安慰她，又好像是抱怨：一路上多么紧张，也没怎么样，谁知到了这里，反倒……一声一声像连珠箭，射穿老头子的心。他没法解释：大江大海过了多少，为什么这一次的任务，偏偏没有完成？自己没儿没女，这两个孩子多么叫人喜爱？自己平日夸下口，这一次带着挂花的人进去，怎么张嘴说话？这老脸呀！他叫着大菱说：

"他们打伤了你，流了这么多血，等明天我叫他们十个人流血！"

两个孩子全没有答言，老头子觉得受了轻视。他说：

"你们不信我的话，我也不和你们说。谁叫我丢人现眼，打牙跌嘴呢！可是，等到天明，你们看吧！"

小女孩子说：

"你这么大年纪了，还能打仗？"

老头子狠狠地说：

"为什么不能？我打他们不用枪，那不是我的本事。愿意看，明天来看吧！二菱，明天你跟我来看吧，有热闹哩！"

第二天，中午的时候，非常闷热。一轮红日当天，水面上浮着一层烟气。小火轮开的离苇塘远一些，鬼子们又偷偷地爬下来洗澡了。十几个鬼子在水里泅着，日本人的水式真不错。水淀里没有一个人影，有只一团白绸子样的水鸟，也躲开鬼子往北飞去，落到大荷叶下面歇凉去了。从荷花淀里却撑出一只小船来。一个干瘦的老头子，只穿一条破短裤，站在船尾巴上，有一篙没一篙地撑着，两只手却忙着剥那又肥又大的莲蓬，一个一个投进嘴里去。

他的船头上放着那样大的一捆莲蓬，是刚从荷花淀里摘下来的。不到白洋淀，哪里去吃这样新鲜的东西？来到白洋淀上几天了，鬼子们也还是望着荷花淀瞪眼。他们冲着那小船吆喝，叫他过来。

老头子向他们看了一眼，就又低下头去。还是有一篙没一篙地撑着船，剥着莲蓬。船却慢慢地冲着这里来了。

小船离鬼子还有一箭之地，好像老头子才看出洗澡的是鬼子，只一篙，小船溜溜转了一个圆圈，又回去了。鬼子们拍打着水追过去，老头子张惶失措，船却走不动，鬼子紧紧追上了他。

眼前是几根埋在水里的枯木桩子，日久天长，也许人们忘记这是为什么埋的了。这里的水却是镜一样平，蓝天一般清，拉长的水草在水底轻轻地浮动。鬼子们追上来，看看就扒上了船。老头子又是一篙，小船旋风一样绕着鬼子们转，莲蓬的清香，在他们的鼻子尖上扫过。鬼子们像是玩着捉迷藏，乱转着身子，抓上抓下。

一个鬼子尖叫了一声，就蹲到水里去。他被什么东西狠狠咬了一口，是一只锋利的钩子穿透了他的大腿。别的鬼子吃惊地往四下里一散，每个人的腿肚子也就挂上了钩。他们挣扎着，想摆脱那毒蛇一样的钩子。那替女孩子报仇的钩子却全找到腿上来,有的两个,有的三个。鬼子们痛得鬼叫,可是再也不敢动弹了。

老头子把船一撑来到他们的身边,举起篙来砸着鬼子们的脑袋,像敲打顽固的老玉米一样。

他狠狠地敲打,向着苇塘望了一眼。在那里,鲜嫩的芦花,一片展开的紫色的丝绒,正在迎风飘洒。

在那苇塘的边缘,芦花下面,有一个女孩子,她用密密的苇叶遮掩着身子,看着这场英雄的行为。

一九四五年八月于延安

邢　兰

　　我这里要记下这个人，叫邢兰的。

　　他在鲜姜台居住，家里就只三口人：他，老婆，一个女孩子。

　　这个人，确实是三十二岁，三月里生日，属小龙（蛇）。可是，假如你乍看他，你就猜不着他究竟多大年岁，你可以说他四十岁，或是四十五岁。因为他那黄蒿叶颜色的脸上，还铺着皱纹，说话不断气喘，像有多年的痨症。眼睛也没有神，干涩的。但你也可以说他不到二十岁。因为他身长不到五尺，脸上没有胡髭，手脚举动活像一个孩子，好眯着眼笑，跳，大声唱歌……

　　去年冬天，我随了一个机关住在鲜姜台。我的工作是刻蜡纸，油印东西。我住着一个高坡上一间向西开门的房子。这房子房基很高，那简直是在一个小山顶上。看西面，一带山峰，一湾河滩，白杨，枣林。到下午，太阳慢慢地垂下去……

　　其实，刚住下来，我是没心情去看太阳的，那几天正冷得怪。雪，还没有融化，整天阴霾着的天，刮西北风。我躲在屋里，把门紧紧闭住，风还是找地方吹进来，从门上面的空隙，从窗子的漏洞，从椽子的缝口。我堵一堵这里，糊一糊那里，简直手忙脚乱。

　　结果，这是没办法的。我一坐下来，刻不上两行字，手便冻得红肿僵硬了。脚更是受不了。正对我后脑勺，一个鼠洞，冷森森的风从那里吹着我的脖颈。起初，我满以为是有人和我开玩笑，吹着冷气；后来我才看出是一个山鼠出入的小洞洞。

我走出转进，缩着头没办法。这时，邢兰推门进来了。我以为他是这村里的一个普通老乡，来这里转转。我就请他坐坐，不过，我紧接着说：

"冷得怪呢，这屋子！"

"是，同志，这房子在坡上，门又冲着西，风从山上滚下来，是很硬的。这房子，在过去没住过人，只是盛些家具。"

这个人说话很慢，没平常老乡那些啰嗦，但有些气喘，脸上表情很淡，简直看不出来。

"唔，这是你的房子？"我觉得主人到了，就更应该招呼得亲热一些。

"是咱家的，不过没住过人，现在也是坚壁着东西。"他说着就走到南墙边，用脚轻轻地在地上点着，地下便发出空洞的通通的声响。

"呵，埋着东西在下面？"我有这个经验，过去我当过那样的兵，在财主家的地上，用枪托顿着，一通通地响，我便高兴起来，便要找铁铲了。——这当然，上面我也提过，是过去的勾当。现在，我听见这个人随便就对人讲他家藏着东西，并没有一丝猜疑、欺诈，便顺口问了上面那句话。他却回答说：

"对，藏着一缸枣子，一小缸谷，一包袱单夹衣服。"

他不把这对话拖延下去。他紧接着向我说，他知道我很冷，他想拿给我些柴禾，他是来问问我想烧炕呢，还是想屋里烧起一把劈柴。他问我怕烟不怕烟，因为柴禾湿。

我以为，这是老乡们过去的习惯，对军队驻在这里以后的照例应酬，我便说：

"不要吧，老乡。现在柴很贵，过两天，我们也许生炭火。"

他好像没注意我这些话，只是问我是烧炕，还是烤手脚。当我说怎样都行的时候，他便开门出去了。

不多会儿，他便抱了五六块劈柴和一捆茅草进来，好像这些东西，早已在那里准备好。他把劈柴放在屋子中央，茅草放在一个角落里，然后拿一把茅草做引子，蹲下生起火来。

我也蹲下去。

当劈柴燃烧起来，一股烟腾上去，被屋顶遮下来，布展开去。火光映在这个人的脸上，两只眯缝的眼，一个低平的鼻子，而鼻尖像一个花瓣翘上来，嘴唇薄薄的，又没有血色，老是紧闭着……

他向我说：

"我知道冷了是难受的。"

从此，我们便熟识起来。我每天做着工作，而他每天就拿些木柴茅草之类到房子里来替我生着，然后退出去。晚上，有时来帮我烧好炕，一同坐下来，谈谈闲话。

我觉得过意不去。我向他说：

"不要这样吧，老邢，柴禾很贵，长此以往……"

他说：

"不要紧，烧吧。反正我还有，等到一点也没有，不用你说，我便也不送来了。"

有时，他拿些黄菜、干粮给我。但有时我让他吃我们一些米饭时，他总是赶紧离开。

起初我想,也许邢兰还过得去,景况不错吧。终于有一天,我坐到了他家中,见着他的老婆和女儿。女儿还小,母亲抱在怀里,用袄襟裹着那双小腿,但不久,我偷眼看见,尿从那女人的衣襟下淋下来。接着那邢兰嚷:

"尿了!"

女人赶紧把衣襟拿开,我才看见那女孩子没有裤子穿……

邢兰还是没表情地说:

"穷的,孩子冬天也没有裤子穿。过去有个孩子,三岁了,没等到穿过裤子,便死掉了!"

从这一天,我才知道了邢兰的详细。从小就放牛,佃地种,干长工,直到现在,还只有西沟二亩坡地,满是沙块。小时放牛,吃不饱饭,而且每天从早到晚在山坡上奔跑呼唤。……直到现在,个子没长高,气喘咳嗽……

现在是春天,而鲜姜台一半以上的人吃着枣核和糠皮。

但是,我从没有看见或是听见他愁眉不展或是唉声叹气过,这个人积极地参加着抗日工作,我想不出别的字眼来形容邢兰对于抗日工作的热心,我按照这两个字的最高度的意义来形容它。

邢兰发动组织了村合作社,又在区合作社里摊了一股。发动组织了村里的代耕团和互助团。代耕团是替抗日军人家属耕种的,互助团全是村里的人,无论在种子上,农具上,牲口、人力上,大家互相帮助,完成今年的春耕。

而邢兰是两个团的团长。

看样子,你会觉得他不可能有什么作为的。但在一些事情上,他是出人意外地英勇地做了,这,不是表现了英勇,而是英勇地做了这件事。这英勇也不是天生的，反而看出来，他是克服了很多的困难，努力做到了这一点。

还是去年冬天，敌人"扫荡"这一带的时候。邢兰在一天夜里，赤着脚穿着单衫，爬过三条高山，探到平阳街口去。敌人就驻在那里。等他回来，鲜姜台的机关人民都退出去。他又帮我捆行李，找驴子，带路……

邢兰参与抗日工作是无条件的，而且在一些坏家伙看起来，简直是有瘾。

近几天，鲜姜台附近有汉奸活动，夜间，电线常常被割断。邢兰自动地担任做侦察的工作。每天傍晚在地里做了一天，回家吃过晚饭，我便看见他斜披了一件破棉袍，嘴里哼着歌子，走下坡去。我问他一句：

"哪里去？"

他就眯眯眼：

"还是那件事……"

夜里，他顺着电线走着，有时伏在沙滩上，他好咳嗽，他便用手掩住嘴……

天快明，才回家来，但又是该下地的时候了。

更清楚地说来，邢兰是这样一个人，当有什么事或是有什么工作派到这村里来，他并不是事先说话，或是表现自己，只是在别人不发表意见的时候，他表示了意见，在别人不高兴做一件工作的时候，他把这件工作担负起来。

按照他这样一个人，矮小、气弱、营养不良，有些工作他实在是勉强做去的。

有一天，我看见他从坡下面一步一步挨上来，肩上扛着一条大树干，明显的他是那样吃力，但当我说要帮助他一下的时候，他却更挺直腰板，扛上去了。当他放下，转过身来，脸已经白得怕人。他告诉我，他要锯开来，给农具合作社做几架木犁。

还有一天，我瞧见他赤着背，在山坡下打坯，用那石杵，用力敲打着泥土。而那天只是二月初八。

如果能拿《水浒传》上一个名字来呼唤他，我愿意叫他"拼命三郎"。

从我认识了这个人，我便老是注意他。一个小个子，腰里像士兵一样系了一条皮带，嘴上有时候也含着一个文明样式的烟斗。

而竟在一天，我发现了这个家伙，是个"怪物"了。他爬上一棵高大的榆树修理枝丫，停下来，竟从怀里掏出一只耀眼的口琴吹奏了。他吹的调子不是西洋的东西，也不是中国流行的曲调，而是他吹熟了的自成的曲调，紧张而轻快，像夏天森林里的群鸟喧叫……

在晚上，我拿过他的口琴来，是一个蝴蝶牌的。他说已经买了二年，但外面还很新，他爱好这东西，他小心地藏在怀里，他说："花的钱不少呢，一块七毛。"

我粗略地记下这一些。关于这个人，我想永远不会忘记他吧。

他曾对我说："我知道冷是难受……"这句话在我心里存在着，它只是一句平常话，但当它是从这样一个人嘴里吐出来，它就在我心里引起了这种感觉：

只有寒冷的人，才贪婪地追求一些温暖，知道别人的冷的感觉；只有病弱不幸的人，才贪婪地拼着这个生命去追求健康、幸福；……只有从幼小在冷淡里长成的人，他才爬上树梢吹起口琴。

　　记到这里，我才觉得用不着我再写下去。而他自己，那个矮小的个子，那藏在胸膛里的一颗煮滚一样的心，会续写下去的。

一九四〇年三月二十三日夜记于阜平

战　士

　　那年冬天,我住在一个叫石桥的小村子。村子前面有一条河,搭上了一个草桥。天气好的时候,从桥上走过,常看见有些村妇淘菜;有些军队上的小鬼,打破冰层捉小沙鱼,手冻得像胡萝卜,还是兴高采烈地喊着。

　　这个冬季,我有几次是通过这个小桥,到河对岸镇上,去买猪肉吃。掌柜是一个残废军人,打伤了右臂和左腿。这铺子,是他几个残废弟兄合股开的合作社。

　　第一次,我向他买了一个腰花和一块猪肝。他摆荡着左腿用左手给我切好了。一般的山里的猪肉是弄得粗糙的,猪很小就杀了,皮上还带着毛,涂上刺眼的颜色,煮的时候不放盐。当我称赞他的肉有味道和干净的时候,他透露聪明地笑着,两排洁白的牙齿,一个嘴角往上翘起来,肉也多给了我一些。

　　第二次,我去是一个雪天,我多烫了一小壶酒。这天,多了一个伙计:伤了胯骨,两条腿都软了。

　　三个人围着火谈起来。

　　伙计不爱说话。我们说起和他没有关系的话来,他就只是笑笑。有时也插进一两句,就像新开刃的刀子一样。谈到他们受伤，掌柜望着伙计说：

"先还是他把我背到担架上去，我们是一班，我是他的班长。那次追击敌人，我们拼命追，指导员喊，叫防御着身子，我们只是追，不肯放走一个敌人！"

"那样有意思的生活不会有了。"

伙计说了一句，用力吹着火，火照进他的眼，眼珠好像浮在火里。掌柜还是笑着，对伙计说：

"又来了，"他转过头来对我，"他沉不住气哩，同志。那时，我倒下了，他把我往后背了几十步，又赶上去，被最后的一个敌人打穿了胯。他直到现在，还想再干干呢！"

伙计干脆地说：

"怨我们的医道不行么！"

"怎样？"我问他。

"不能换上一副胯骨吗，如能那样，我今天还在队伍里。难道我能剥一辈子猪吗？"

"小心你的眼！"掌柜停止了笑对伙计警戒着，使我吃了一惊。

"他整天焦躁不能上火线，眼睛已经有毛病了。"

我安慰他说，人民和国家记着他的功劳，打走敌人，我们有好日子过。

"什么好的生活比得上冲锋陷阵呢？"他沉默了。

第三次我去，正赶上他两个抬了一筐肉要去赶集，我已经是熟人了，掌柜的对伏在锅上的一个女人说：

"照顾这位同志吃吧。新出锅的，对不起，我不照应了。"

那个女人个子很矮，衣服上涂着油垢和小孩尿，正在肉皮上抹糖色。我坐在他们的炕上，炕头上睡着一个孩子，放着一个火盆。

女人多话，有些泼。她对我说，她是掌柜的老婆，掌柜的从一百里以外的家里把她接来，她有些抱怨，说他不中用，得她来帮忙。

　　我对她讲，她丈夫的伤，是天下最大的光荣记号，她应该好好帮他做事。这不是一个十分妥当的女人。临完，她和我搅缠着一毛钱，说我多吃了一毛钱的肉。我没办法，照数给了她，但正色说：

　　"我不在乎这一毛钱，可是我和你丈夫是很好的朋友和同志，他回来，你不要说，你和我因为一毛钱搅缠了半天吧！"

　　这都是一年前的事了。第四次我去，是今年冬季战斗结束以后。一天黄昏，我又去看他们，他们却搬走了，遇见一个村干部，他和我说起了那个伙计，他说：

　　"那才算个战士！反'扫荡'开始了，我们的队伍已经准备在附近作战，我派了人去抬他们，因为他们不能上山过岭。那个伙计不走，他对去抬他的民兵们说：你们不配合子弟兵作战吗？民兵们说：配合呀！他大声喊：好！那你们抬我到山头上去吧，我要指挥你们！民兵们都劝他，他说不能因为抬一个残废的人耽误几个有战斗力的，他对民兵们讲：你们不知道我吗？我可以指挥你们！我可以打枪，也可以扔手榴弹，我只是不会跑罢了。民兵们拗他不过，就真的带好一切武器，把他抬到敌人过路的山头上去。你看，结果就打了一个漂亮的伏击战。"

　　临别他说：

　　"你要找他们，到城南庄去吧，他们的肉铺比以前红火多了！"

一九四一年于平山

芦 苇

敌人从只有十五里远的仓库往返运输着炸弹,低飞轰炸,不久,就炸到这树林里来,把梨树炸翻。我跑出来,可是不见了我的伙伴。我匍匐在小麦地里往西爬,又立起来飞跑过一块没有遮掩的闲地,往西跑了一二里路,才看见一块坟地,里面的芦草很高,我就跑了进去。

"呀!"

有人惊叫一声。我才看见里面原来还藏着两个妇女,一个三十多岁的妇人,一个十八九岁的姑娘,她们不是因为我跳进来吃惊,倒是为我还没来得及换的白布西式衬衣吓了一跳。我离开她们一些坐下去,半天,那妇女才镇静下来说:

"同志,你说这里藏得住吗?"

我说等等看。我蹲在草里,把枪压在膝盖上,那妇人又说:

"你和他们打吗? 你一个人,他们不知道有多少。"

我说,不能叫他们平白捉去。我两手交叉起来垫着头,靠在一个坟头上休息。妇人歪过头去望着那个姑娘,姑娘的脸还是那样惨白,可是很平静,就像我身边这片芦草一样,四面八方是

枪声,草叶子还是能安定自己。我问:

"你们是一家吗?"

"是,她是我的小姑。"妇人说着,然后又望一望她的小姑,"景,我们再去找一个别的地方吧,我看这里靠不住。"

"上哪里去呢?"姑娘有些气恼,"你去找地方吧!"

可是那妇人也没动,我想她是有些怕我连累了她们,就说:

"你们嫌我在这里吗?我歇一歇就走。"

"不是!"那姑娘赶紧抬起头来望着我说,"你在这里,给我们仗仗胆有什么不好的?"

"咳!"妇人叹一口气,"你还要人家仗胆,你不是不怕死吗?"她就唠叨起来,我听出来她这个小姑很任性,逃难来还带着一把小刀子。"真是孩子气,"她说,"一把小刀子顶什么事哩!"

姑娘没有说话,只是凄惨地笑了笑。我的心骤然跳了几下,很想看看她那把小刀子的模样。她坐在那里,用手拔着身边的草,什么表示也没有。

忽然,近处的麦子地里有人走动。那个妇人就向草深的地方爬,我把那姑娘推到坟的后面,自己卧倒在坟的前面。有几个敌人走到坟地边来了,哇啦了几句,就冲着草里放枪,我立刻向他们还击,直等到外面什么动静也没有了,才停下来。

不久天也快黑了,她们商量着回到村里去。姑娘问我怎么办,我说还要走远些,去打听打听白天在梨树园里遇到的那些伙伴的下落。她看看我的衣服:

"你这件衣服不好。"再低头看看她那件深蓝色的褂子,"我可以换给你。先给我你那件。"

我脱下我的来递给她,她走到草深的地方去。一会儿,她穿着我那件显得非常长大的白衬衫出来，把褂子扔给我：

"有大襟，可是比你这件强多了，有机会，你还可以换。"说完，就去追赶她的嫂子去了。

一九四一年于平山

女 人 们

红 棉 袄

　　风把山坡上的荒草,吹得俯到地面上、沙石上。云并不厚,可沉重得怕人,树叶子为昨夜初霜的侵凌焦枯了,正一片片地坠落。

　　我同小鬼顾林从滚龙沟的大山顶上爬下来。在强登那峭峻的山顶时,身上发了暖,但一到山顶,被逆风一吹,就觉得难以支持了。顾林在我眼前,连打了三个寒噤。

　　我拉他赶紧走下来,在那容易迷失的牧羊人的路上一步一步走下,在乱石中开拔着脚步。顾林害了两个月的疟疾,现在刚休养得有了些力气,我送他回原部队。我们还都穿着单军服,谁知一两天天气变得这样剧烈。

　　虽说有病,这孩子是很矜持的。十五岁的一个人,已经有从吉林到边区这一段长的,而大半是一个人流浪的旅程。在故乡的草原里拉走了两匹敌人放牧的马,偷偷卖掉了,跑到天津,做了一家制皮工厂的学徒。事变了,他投到冀中区的游击队里……

"身子一弱就到了这样!"

像是怨恨自己。但我从那发白的而又有些颤抖的薄嘴唇,便觉得他这久病的身子是不能支持了。我希望到一个村庄,在那里休息一下,暖暖身子。

风还是吹着,云,凌人地往下垂,我想要下雨了,下的一定是雪片吧?天突然暗了。

远远的在前面的高坡上出现一片白色的墙壁,我尽可能地加快了脚步,顾林也勉强着。这时,远处山坡上,已经有牧羊人的吆喝声,我知道天气该不早了,应是拦羊下山入圈的时分。

爬上那个小山庄的高坡,白墙壁上的一个小方窗,就透出了灯火。我叫顾林坐在门前一块方石上休息,自己上前打门。门很快地开了,一个姑娘走了出来。

我对她说明来意,问她这里有没村长,她用很流利的地方话回答说,这只是一个小庄子,共总三家人家,过往的军队有事都是找她家的,因为她的哥哥是自卫队的一个班长。随着她就踌躇了。今天家里只有她一个人,妈妈去外婆家了,哥哥还没回来。

她转眼望一望顾林,对我说:

"他病得很重吗?"

我说:"是。"

她把我们让到她家里,一盏高座的油灯放在窗台上,浮在黑色油脂里的灯芯,挑着一个不停跳动的灯花,有时并碎细地爆炸着。

姑娘有十六岁,穿着一件红色的棉袄,头发梳得很平,动作很敏捷,和人说话的时候,眼睛便盯住人。我想,屋里要没有那灯光和灶下的柴禾的光,机灵的两只大眼也会把这间屋子照亮的吧? 她挽起两只袖子,正在烧她一个人的晚饭。

我一时觉得我们休息在这里,有些不适当。但顾林躺在那只铺一张破席子的炕上了,显然他已是筋疲力尽。我摸摸他的额,又热到灼手的程度。

"你的病不会又犯了吧?"

顾林没有说话,我只听到他牙齿的"嘚嘚"声,他又发起冷来。我有些发慌,我们没有一件盖的东西。炕的一角好像是有一条棉被,我问那正在低头烧火的姑娘,是不是可以拿来盖一下,姑娘抬着头没听完我的话,便跳起来,爬到炕上,把它拉过来替顾林盖上去。一边嘴里说,她家是有两条被的,哥哥今天背一条出操去了。把被紧紧地盖住了顾林的蜷伏的身体,她才跳下来,临离开,把手按顾林的头,对我蹙着眉说:

"一定是打摆子!"

她回去吹那因为潮湿而熄灭的木柴了,我坐在顾林的身边,从门口向外望着那昏暗的天。我听到风还在刮,隔壁有一只驴子在叫。我想起明天顾林是不是能走,有些愁闷起来。

姑娘对我慢慢地讲起话来。灶膛里的火旺了,火光照得她的脸发红,那件深红的棉袄,便像蔓延着火焰一样。

她对我讲,今年打摆子的人很多。她问我顾林的病用什么法子治过。她说有一个好方法,用白纸剪一个打秋千的小人形,晚上睡觉,放在身下,第二天用黄裱纸卷起来,向东南走出三十六步,用火焚化,便好了。她小时便害过这样的病,是用这个方法治好的。说完便笑起来:"这是不是迷信呢?"

夜晚静得很，顾林有时发出呻吟声，身体越缩拢越小起来。我知道他冷。我摸摸那条棉被，不只破烂，简直像纸一样单薄。我已经恢复了温暖，就脱下我的军服的上身，只留下里面一件衬衫，把军服盖在顾林的头上。

这时，锅里的饭已经煮好。姑娘盛了一碗米汤放在炕沿上，她看见我把军服盖上去，就沉吟着说：

"那不抵事。"她又机灵地盯视着我。我只是对她干笑了一下，表示：这不抵事，怎样办呢？我看见她右手触着自己棉袄的偏在左边的纽扣，最下的一个，已经应手而开了。她后退了一步，对我说：

"盖上我这件棉袄好不好？"

没等我答话，她便转过身去断然地脱了下来，我看见她的脸非红了一下，但马上平复了。她把棉袄递给我，自己退到角落里把内衣整理了一下，便又坐到灶前去了，末了还笑着讲：

"我也是今天早上才穿上的。"

她身上只留下一件皱折的花条布的小衫。对这个举动，我来不及惊异，我只是把那满留着姑娘的体温的棉袄替顾林盖上，我只是觉得身边这女人的动作，是幼年自己病倒了时，服侍自己的妈妈和姐姐有过的。

我凝视着那暗红的棉袄。姑娘凝视着那灶膛里一熄一燃的余烬。一时，她又讲话了。她问我从哪里来，尽走过哪些地方，哪里的妇女自卫队好。又问我，什么时候妇女自卫队再来一次检阅。一会儿我才知道，在去年，平山县妇女自卫队检阅的时候，打靶，她是第三名！

瓜的故事

马金霞又坐在那看瓜园的窠棚里了。已经吃过了晌午饭，肚子饱饱的，从家里跑来的满身汗，一到这里就干了，凉快得很呢。窠棚用四根杨树干支起来，上面搭上席子，中间铺上木扳，一头像梯子一样横上木棍，踏着上去，像坐在篷子车里。

好凉快呀。马金霞把两只胳膊左右伸开一下，风便吹到了袖子里、怀里。窠棚前后是二亩地的甜瓜和西瓜，爹租来种的。甜瓜一律是"蛤蟆酥"和"谢花甜"种，一阵阵的香味送过来。西瓜像大肚子女人，一天比一天笨地休养在长满嫩草的地上。那边是一个用来从河里打水浇地的架子，"斗子"悬空着。

一带沙滩，是通南北的大道，河从中间转弯流过。

村边上，那个斜眼的铁匠的老婆，又爬上她那蔓延在一棵大柳树上的葡萄架了。从马金霞这里也会看见那已经发紫的累累的葡萄。马金霞给这个铁匠老婆起了一个外号，一看见她便叫起来：

"馋懒斜！"是因为这个老婆顶馋（不住嘴地偷吃东西），顶懒（连丈夫打铁的风箱也不高兴去拉），顶斜（眼也斜，脾气性情儿也斜）。

那女人从葡萄架上转过身子来，用手护着嘴像传声筒喊：

"金霞又卖俏哩吗？看过路的哪个脸子白，招来做驸马吧！"

"放屁，放屁，放屁！"马金霞回骂着。

"你看你不是坐在八人抬的大轿里了吗？要做新媳妇了呢！"斜眼女人扯着嗓子怪叫。

马金霞便不理睬她了。理她干吗呢，狗嘴里掉不出象牙来，满嘴喷粪。

水冲着石子，哗啦啦地响着。

马金霞把鞋脱掉了，放在一边。把右腿的裤脚挽到了膝盖上面，拿过一团麻，理了一理，在右腿上搓起麻绳来，随口唱一支新鲜小曲儿：

> 小亲亲，
>
> 我不要你的金，
>
> 小亲亲，
>
> 我不要你的银，
>
> 只要(你那)抗日积极的一片心！

一架担架过来了，四个人抬着急走，后面跟着两个人挥着汗。马金霞停止了唱。

"住下，住下。"后面一个人望了一望瓜园嚷着。

"什么事，这里晒得很哩！"抬的人问着，脚也没停，头也没回。

"王同志不是说要吃瓜吗，这里又有甜瓜又有西瓜，住下，住下……"

担架住下了。在一床白布罩子下面，露出了一张脸。黄黄的，好大的眼睛啊。头歪到了瓜园这边，像找寻着什么，微笑了。一个民兵跑上来喊：

"下来，小姑娘，买瓜。"

马金霞赤着脚下来了，快得像一只猴子。两步并作一步，跑到伤兵的面前，望了望那大眼睛，又看见那白布罩角上的一片血迹，就咳呀了一声。

她带那个人去挑选瓜了，告诉他还是给同志一个西瓜吃罢。受了伤吃甜瓜不好，肚子痛还不要吃甜瓜呢。那个人以为这女孩子要做"大宗买卖"，也便没说话。马金霞在瓜园里践踏着，用手指一个个地去弹打着瓜皮，细听着声响。然后她问：

"是百团大战受的伤吗？"

"是，真是英雄呢。"那个人赞叹着，"可是你会挑选瓜吗？"

"你瞧着吧。"

马金霞想起在西北角上那个血瓢的西瓜了，那是她前天就看准的，她把它摘下来，亲手抱过去。

抬担架的小伙子们还不相信，就地把那瓜用一把小刀剖开来。

瓜瓢是血红的，美丽的，使人想起那白布罩上的光荣的、战士的血迹了。几个小伙子夸奖着，问价钱。

"送给同志们吃的，不是卖的。"

虽然那战士也用微弱的声音诉说着这不好，但马金霞跑上窠棚了。她对那远远的葡萄架上的女人喊：

"馋懒斜，把你的葡萄送些来，有位受伤的同志呢。"

可是斜眼女人问了：

"买几毛钱的呀？"

有什么意味呀！马金霞气恼了。总是"几毛钱"。她常见斜眼女人烦絮地和来买葡萄的同志们要着大价钱，赚了钱来往自己坏嘴里填，吃饱了和不三不四的坏男人嚼舌头，有什么意味呀！

子弟兵之家

从前,村里的人称呼她"三太家的",现在,妇女自卫队分队长找上她的门子是喊:

"李小翠同志!"

丈夫是子弟兵。临入伍那天,大会上小翠去送他;临走,三太用眼招呼她。小翠把手一扬:

"去你的吧!"

两个人都笑了。李小翠便一边耍逗着怀里的孩子,一边想着心思,回家了。

在边区,时光过得快。打了一个百团大胜仗,选举了区代表、县议员、参议员,打走鬼子的捣乱……就要过年了。

天明便是大年初一了。

天还没亮,鸡只叫了两遍,"申星"还很高呢。

孩子闹起来,小手抓着小翠的胸脯,小脚蹬着肚子。

"他妈的!"小翠一边骂着,一边点起灯来。

窗纸上糊着用彩色纸剪成的小人们,闪耀着……

小纸人是西头叫小兰的那女孩子剪的。那孩子昨天早晨捧着那些小人们跑来,红着脸对小翠说:

"小翠婶婶,我剪了两个戏剧,一个捉汉奸,一个打鬼子,送给你贴在窗子上。"

"呀,你费了半天工夫,拿去叫你娘贴吧!"小翠客气着。

"为的是,"小兰睁大眼睛,"我家三太叔上前线了。"

小兰还怕她贴错,帮她贴好才走了。

小翠给孩子穿衣裳，打开一个小匣子，拿出一顶用红布和黄布做成的小孩帽，是个老虎头的样子，用黑布贴成眼，用白布剪成虎牙。

孩子一戴上新帽子，觉着舒服，便在小翠的腿上跳起来，小翠骂：

"小家子气！"

小翠又想起心思来了。前年死了一个孩子，没戴过新帽子。这个孩子三岁了，这还是头一顶。虽说裤子还破着，可是今年过年没有别的花销，村里优待了一小笸箩白面，五斤猪肉，三棵白菜，便也乐开了。她把孩子举起来，叫孩子望着她的放光的大眼，她唱着自己编的哄孩子的曲儿：

> 孩子长大，
> 要像爹一样
> 上战场……

孩子便"马、马"叫起来。小翠叫孩子骑在自己脖子上，接着：

> 骑大马，
> 背洋枪！

唱到这里，小翠又想起心思来了："谁知道他骑上马没有呢？"三太那大个子大嘴大眼睛便显在她眼前对她笑了。她喃喃地好像对孩子说，又好像对三太说：

"你呀！多打好仗呀！就骑大马呀！"

风吹窗纸动起来，小人们动起来了。她愿意风把这话吹送到三太的耳鼓里去……

一九四一年于平山

采蒲台

正 月

一

这个大娘,住在小官亭西头路北一处破院的小北屋里。这院里一共住着三家,都是贫农。

大娘生了三个女儿。她的小北屋一共是两间,在外间屋放着一架织布机,是从她母亲手里得来的。

机子从木匠手里出生到现在,整整一百年。在这一百年间,我们祖国的历史有过重大的变化,这机子却只是陪伴了三代的女人。陪伴她们痛苦,陪伴她们希望。它叫小锅台的烟熏火燎,全身变成黑色的了。它眼望着大娘在生产以前,用一角破席堵住窗台的风口;在生产以后,拆毁了半个破鸡筐才煮熟一碗半饭汤。它看见大娘的两个女儿在出嫁的头一天晚上,才在机子上织成一条陪送的花裤。一百年来,它没有听见过歌声。

大娘小时是卖给这家的。卖给人家,并不是找到了什么富户。这一带有些外乡的单身汉,给地主家当长工,苦到四五十岁上,有些落项的就花钱娶个女人,名义上是制件衣裳,实际上就是女孩子的身价。丈夫四五十,女人十三四,那些汉子都苦得像浇干了的水畦一样,不上几年就死了,留下儿女,就又走母亲的路。

大姐是打十三岁上,卖给西张岗一个挑货郎担的河南人,丈夫成天住村野小店,她也就跟着溜墙根串房檐。二姐十四岁上卖给东张岗拉宝局的大黑三,过门以后学得好吃懒做,打火抽烟,自从丈夫死了,男女关系也很乱。

两个女儿虽说嫁了人,大娘并没有得到依靠,还得时常牵挂着。好在小官亭离东西张岗全不远,大娘想念她们了,不管刮风下雨,就背上柴火筐,走在漫天野地里,一边捡着豆根谷茬,一边去看望女儿。

到了大女儿那里,女婿不在家,就帮她打整打整孩子们,拾掇拾掇零碎活;到了二姑娘那里,看见她缺吃的没烧的,责骂她几句,临走还得把拾的一筐谷茬,倒在她的灶火坑里。

二

大娘受苦,可是个结实人,快乐人,两只大脚板,走在路上,好像不着地,千斤的重担,并没有能把她压倒。快六十了,牙口很齐全,硬饼子小葱,一咬就两断,在人面前还好吃个炒豆什么的。不管十冬腊月,只要有太阳,她就把纺车搬到院里纺线,和那些十几岁的女孩子们,很能说笑到一处。

她到底赶上了好年头,冀中区从打日本那天起,就举起了革命的红旗!

三姑娘——多儿的婚事,也不能和两个姐姐一样了!

打日本那年,多儿刚十岁。十岁上,她已经能够烧火做饭,拉磨推碾,下地拾柴禾,上树捋榆钱,织布纺线,帮娘生产。

八路军来了,共产党来了,把人民的特别是妇女的旧道路铲平,把新道路在她们的眼前铺好。

她开始同孩子们一块到学校里去。"认识字儿好!"大娘说,给多儿缝了个书包,买了块石板,在红饼子上抹了香油,叫她吃了上学去。

十二岁上她当儿童团,十五上她当自卫队,那年全区的妇女自卫队验操,她投的手榴弹最远。

经过抗战胜利,经过平分土地,她今年十八岁了。

三

多儿正在发育,几年间,不断有人来给她说婆家。

姐姐常常是妹妹的媒人,她们对多儿的婚事都很关心。腊月里,大姐分了房子地,就和丈夫商量:

"从我过门,逢年过节,也没给娘送过一个大钱的东西,我们过的穷日子,自己的吃穿还愁不来,她自然不会怪罪咱。今年总算是宽绰些了,我想到集上买点东西,上娘家去一趟,顺便看看小三的婆家说停当了没有。"

丈夫是个老实热情的人,答应得很高兴。到集上买了一串麻糖,十个柿子,回来自己又摊上几个炉糕儿,拿个红包袱裹了,大姐就到小官亭来。

到了娘家,正赶上二姐也来了,她说村里正在改造她们懒婆懒汉。

多儿从冬学里回来,怀里抱着一本书,她的身子发育得匀称结实,眉眼里透着秀气。娘儿几个围坐在炕上说话,一下就转到她的婚事上去。开头,这是个小型的诉苦会,大姐说可不能再像她那时候,二姐说可不能再像她那样子;多儿把书摊在膝盖上,低着头,一句话也不说。

娘给她说着个富裕中农,家底厚,一辈子有吃的有做的就行了。大姐不赞成,嫌那一家人顽固,不进步。她说有一家新升的中农,二姐又不赞成,她说谁谁在大地方做买卖,很发财,寻了人家,可以带到外边,吃好的穿好的,还可以开眼。没等她说完,娘就说:"我的孩子不上敌占区!"

娘儿几个说不到一块,吵了起来。二姐说:

"这也不投你们的心思,那也不合你们的意!你们倒是打算怎么着呀?看看快二十了,别挑花了眼,老在炕头上!"

"别吵了!别吵了!别替我着急了!"多儿眯缝着眼,轻轻磕着鞋底儿说。

"我们不替你着急,替谁着急呀!"大姐说,"你说,你有对象了吗?"

多儿点点头。两个眼角里,像有两朵小小的红云,飘来飘去。

"是谁?"

多儿把书合起,爬下炕去跑了。

二姐追出去把她拉了回来:

"你说出来!大家品评品评!"

"这是叫你审官司呀？就是大官亭的刘德发！"多儿说。说完就伏在炕上不动了。

四

"德发呀！"娘和两个姐姐全赞成。德发是大官亭新农会的副主席。二姐说："你们想必是开会认识的。"

"区长给介绍的。"多儿低声说。

"人家定了日子没有？"

"就在今年正月里。"

"嗨！这么慌促了，你还装没事人，你这孩子！快核计核计吧！看该添什么东西，我去给你买去！"大姐嚷着说，"可不要像我那个时候，咱娘只给买了一个小梳头匣儿，就打发着走！"

二姐说：

"你还有个梳头匣，我连那个也没有，娶过去，应名是新媳妇，一见人就害臊。人家地主富农的闺女们，穿的什么，戴的什么，不敢和人家一块去赴席，心里多难过！眼下，我们翻了身，也得势派势派！三妹子，你说吧，要什么缎的，要什么花的，我们贫农团就要分果实了，我去挑几件，给你填填箱！"

娘说：

"这村也快分了，你该去挑对花瓶大镜子，再要个洋瓷洗脸盆，我就是稀罕那么个大花盆！"

多儿说：

"你们说的那些东西，我都不要，现在我们翻身了，生产第一要紧。我们这里有张机子，是从高阳那里兴过来的，一天能卸两个布，号价七十万，我想卖了咱这张旧机子，买了那张新机子，钱还是不够，你们要愿意帮助我，就一个人给我添十万块钱吧！"

两个姐姐说："回去就拿钱来。"

五

可是一提卖这张旧机子，娘不乐意。她说：

"这是我从你姥姥手里得来的家业过活，跟了我几十年，全凭它把你们养大成人，不能把它卖了，我舍不得它！"

"这就是娘的顽固落后，"多儿说，"旧的不去，新的不来呀！"

"新的，我就不待见那些新的，你会使吗？买来放着看样呀？还不如旧的办事哩！"娘说。

"不会使，学呀，"多儿笑着说，"我们什么学不会？从前，我们会打日本吗？会斗地主吗？不全是学会的？"

"你巧，你学得会，我老手老脚，又叫我像小孩子一样，去学新鲜，我不学！"

"娘就是这样保守。好像舍不得你这穷日子似的，什么也不愿意换，往后有了好房子住，你还舍不得离开我们这小破北屋哩！"多儿说着又笑了。

"他妈的！"娘说，"我这小破北屋怎么了？没有这小破北屋，还养不下你个小杂种来哩！"

"怎么样？"多儿拍着手，"说着你就来了，不是？"

什么时候娘也说不过女儿，到底是依了她。第二天，多儿叫来几个一头儿的小姑娘们，把旧机子抬到集上卖了，又去买了那张新机子，抬回家里来。她把里屋外间，好好打扫了一番，才把这心爱的东西,请进屋里去,把四条腿垫平,围着它转了有十来个遭儿。

小屋里放上这张新机子,就好像过去有两个不幸福的姐姐,现在有了幸福的妹妹。它使这小屋的空气改变了,小屋活泼起来,浮着欢笑。

多儿对娘说:

"什么也在这张机子上,头过门,我要织成二十一个白布。把布卖了,赚来的钱,就陪送我,娘什么也不用管。"

娘帮她浆线落线。她每天坐在机子上,连吃饭也不下来。她穿得干干净净,头发梳得光亮。在结婚以前,为什么一个女孩子的头发变得那样黑,脸为什么老是红着?她拉动机子,白布在她的胸前卷出来,像小山顶的瀑布。她的头微微歪着,身子上下颤动,嘴角上挂着猜不透的笑。挺拍挺拍,挺拍挺拍,机子的响动就是她那心的声音。

这真是幸福的劳动。她织到天黑,又挂上小小的油灯,油灯擦得很亮。在冀中平原,冬天实际上已经过去,现在,可以听到村边小河里的冰块融解破碎的声音。

她织成了二十一个布,随后,她剪裁了出嫁的衣服和鞋面。

她坐在小院里做活,只觉得太阳照得她浑身发热。她身后有一棵幼小时候在麦地锄回来的小桃树,和她一般高。冬天,她给它包上干草涂抹上泥,现在她把泥草解开,把小桃树扶了出来。

春天过早挑动了小桃树,小桃树的嫩皮已经发紫,有一层绿色的水浆,在枝脉里流动。

六

从腊月到正月，这一段日子过得特别快，明天就是正月十五，多儿的喜日了。

多儿把小院里打扫干净，就在屋里藏起来。

这天，赶上小区在这村里召开联席会，各村的代表全来了，问题讨论完了，区长问：

"各村里，还有事没有？"

大官亭的代表是个老头，说：

"小官亭的代表先别走，有个事和你商量一下。"

小官亭的代表是个女的，就说：

"同志，你有什么问题，就提出来大家讨论吧！"

"不碍别村的事，"大官亭的代表说，"光我们两个人商量一下，就能办事！"

人们刚爬下炕来，各人找寻各人的鞋，准备回去，一听他说得有趣，就轰的一声笑起来。

大官亭的代表说：

"你们别笑，我说的是正经事，你知道我们副主席刘德发吧？"

"知道啊！"小官亭的代表说，"他不是寻了我们妇女部长小多儿了吗？"

"对呀！"大官亭的老头说，"他们明天就过事，我们贫农团叫我代表，向你提出来，这件亲事，我们要热闹热闹！"

"你们怎么计划的呀？"小官亭的代表问。

"我们也没什么,我们是预备动员贫农团全体车辆,村剧团的鼓乐,高级班的秧歌。事先通知你们一声,别弄得你们措手不及!"

"哈!"小官亭的女代表说,"你别小看我们,我们村子小是情真,人可见过世面,你们来吧,我们落不了趟!"

"那就好。"大官亭的代表说,"你们预备几辆大车送亲?"

"别觉着你们大官亭车马多!"女代表的脸红了一下。

区长说:

"过事么,是该热闹热闹,不过不能浪费。"

"一点也不浪费,"大官亭的代表说,"正月里没事,人马闲着也是闲着,再说,我们倒是有花轿官轿,我们不用那个,改用骑马,我们嫌那个封建!"

七

第二天,就是好日子。天空上只有两朵白云,它们飘过来,前后追赶着,并排浮动着;阳光照着它们,它们叠在一起,变的浓厚,变的沉重,要滴落下来的样子。

大官亭的礼炮一响,小官亭的人们就忙起来,女代表同鼓乐队赶紧到村口去迎接。大官亭的人马真多,头车来到了,尾车还留在大官亭街里。两个村的鼓乐队到了一处,就对敲起来,你一套我一套,没有个完。两个村的小学生混到一块跳起来,小花鞋尖踢起土来,小红脸蛋上流着汗。

多儿的两个姐姐,今天全打扮得很整齐,像护驾的官员,把穿着一身大红的多儿扶到马上去。多儿拉住缰绳,就叫她们闪开了。

区长登在高凳上讲话,他庆贺着新郎新妇和两个村庄的翻身农民。

吹吹打打,把多儿娶走了。

在路上,多儿骑的小红马追到前头去,她拉也拉不住。小红马用头一顶德发那匹大青马,大青马吃了一惊,尥了一个蹶子就跑起来。两匹马追着跑,并排着跑,德发身上披的红绸搅在多儿的腰里,扯也扯不开。

一九五〇年二月

小 胜 儿

一

冀中有了个骑兵团。这是华北八路军的第一支骑兵,是新鲜队伍,立时成了部队的招牌幌子,不管什么军事检阅、纪念大会,头一项人们最爱看的,就是骑兵表演。

马是那样肥壮,个子毛色又整齐,人又是那样年轻,连那个热情的杨主任,也不过二十一岁。

农民们亲近自己的军队,也爱好马匹。每当骑兵团在早晨或是黄昏的雾露里从村边开过,农民们就放下饭碗,担起水筲,帮助战士饮马。队伍不停下,他们就站在堤头上去观看:

"这马儿是怎么喂的,个个圆膘!庄稼牲口说什么也比不上。"

"骑黑马的是杨主任,在前面背三件家伙的是小金子!"

"这孩子!你看他像粘在马上一样。"

小金子十七岁上参加了军队,十九岁给杨主任当了警卫员,骑着一匹从日寇手里夺来的红洋马。

远近村庄都在观看这个骑兵团。这村正恋恋不舍地送走最后一匹，前村又在欢迎小金子的头马了。

　　今天，队伍不知开到哪里去，走得并不慌忙，很是严肃。从战士脸上的神情和马的脚步看来，也不像有什么情况。

　　"是出发打仗？还是平常行军？"一个青年农民问他身边一个青年妇女。

　　"我看是打仗去！"妇女说。

　　"你怎么看得出来，杨主任告诉你了？"

　　"我认识小金子。你看着，小金子噘着嘴，那就是平常行军，他常常舍不得离开房东大娘。脸上挂笑，可又不笑出来，那准是出发打仗。傻孩子！你记住这个就行了。"

二

　　这个妇女是猜着了。过了两天，这个队伍就打起仗来，打的是那有名的英勇壮烈的一仗。敌人"五一大扫荡"突然开始，骑兵团分散作战，两个连突到路西去，一个连作后卫陷入了敌人的包围，整整打了一天。在五月麦黄的日子，冀中平原上，打得天昏地暗，打得树木脱枝落叶，道沟里鲜血滴滴。杨主任在这一仗里牺牲了，炮弹炸翻的泥土，埋葬了他的马匹。小金子受了伤，用手刨着土掩盖了主任的尸体，带着一支打完子弹的短枪，夜晚突围出来，跑了几步就大口吐了血。

　　这是后话。现在小金子跑在队伍的前面，轻快地行军。他今天脸上挂笑，是因为在出发的时候，收到了一件心爱的东西。一路上，他不断抽出手来摸摸兜囊，这小小的礼品就藏在那里面。

太阳刚刚升出地面。太阳一升出地面，平原就在同一个时刻，承受了它的光辉。太阳光像流水一样，从麦田、道沟、村庄和树木的身上流过。这一村的雄鸡接着那一村的雄鸡歌唱。这一村的青年自卫队在大场院里跑步，那一村也听到了清脆的口令。

一路上，大麻子刚开的紫色绒球一样的花，打着小金子的马肚皮，阵阵的露水扫湿了他的裤腿。他走得不慌不忙，信马由缰。主任催他：

"小金子同志，放快些吧，天黑的时候，我们要到石佛镇宿营哩！"

"报告主任，"小金子转过身来笑着说，"就这样走法，也用不着天黑！"

"这样热天，你愿意晒着呀？"主任说，"口渴得很哩！"

小金子说：

"过了树林，前面有个瓜园，我去买瓜！我和那个开瓜园的老头有交情，咱们要吃瓜，他不会要钱。可是，现在西瓜还不熟，只能将就着摘个小酥瓜儿吃！"

主任说：

"怎么能白吃老百姓的瓜呢？把水壶给我吧！"

递过水壶去，小金子说：

"到了石佛，我给主任去号一间房，管保凉快，清静，没有臭虫！"

他从兜囊扯出了那件东西，一扬手在马屁股上抽了一下，马就奔跑起来。

主任的小黑马追上去，主任说：

"小金子！那是件什么东西?"

"小马鞭儿!"小金子又在空中一扬。那是一杆短短的,用各色绸布结成的小马鞭,像是儿童的玩具。

"你总是顽皮,哪里弄来的? 我们是骑兵,还用马鞭子?"主任笑着。

"骑兵不用马鞭,谁用马鞭? 戏台上的大将,还拿着马鞭打仗哩!"小金子说。

"那是唱戏,我们要腾开手来打仗,用不着这个。进村了,快收起来,人家要笑话哩!"主任说。

小金子又看了几看,才把心爱的物件插到兜囊里去,心里有些不高兴。他想人家好心好意给做了,不能在进村的时候施展施展,多么对不住人家? 人家不知道费了多大工夫哩!

主任又问了:

"买的,还是求人做的?"

"是家里捎来的。"

"怎么单捎了这个来?"

"他们准是觉得我当了骑兵,缺少的就是马鞭子,心爱的也是这个。"

"怎么那样花花绿绿?"

"是个女孩子做的,她们喜欢这个颜色!"

"是你的什么人呀?"

"一家邻舍,从小儿一块长大的。"

主任没有往下问,在年岁上,他不过比小金子大两岁。在情感这个天地里,人们会是相同的。过了一刻,他说:

"回家或是路过,谢谢人家吧!"

三

五月里打过仗,小金子受伤回到家里,他饭也吃不下,觉也睡不着。主任和那些马匹,马匹的东奔西散,同志们趴在道沟里战斗牺牲……老在他眼前转,使他坐立不安。黑间白日,他尖着耳朵听着,好像那里又有集合的号音,练兵的口令,主任的命令,马蹄的奔腾;过了一会儿又什么也听不见。他的病一天一天重了。

小金子的爹,今年五十九岁了,只有这一个儿子。给他挖了一个洞,洞口就在小屋里破旧的迎门橱后面。出口在前邻小胜儿家。小胜儿,就是给小金子捎马鞭子的那个姑娘。

小胜儿的爹在山西挑货郎担儿,十几年不回家了。那年小金子的娘死了,没人做活,小金子的爹,心里准备下了一堆好话,把布拿到前邻小胜儿的娘那里。小胜儿的娘一听就说:

"她大伯,你别说这个。咱们虽说不是一姓一家,住的这么近,就像一家似的,你有什么活,尽管拿过来。我过着穷日子,就知道没人的难处,说句浅话,求告你的时候还在后头哩。把布放下吧,我给你裁铰裁铰做上。"

从这以后,两家人就过得很亲密。

小金子从战场回来,小胜儿的娘把他抱在怀里,摸着那扯破的军装说:

"孩子,你们是怎么着,爬着滚着的打来呀,新布就撕成这个样子! 小胜儿,快去给你哥哥找衣裳来换!"

小金子说:

"不用换。"

"傻孩子，"小胜儿的娘说，"不换衣裳，也得养养病呀！看你的脸成了什么颜色！快脱下来，叫小胜儿给你缝缝。你看这血，这是你流的……"

"有我流的，也有同志们流的！"小金子说。

母女两个连夜帮着小金子的爹挖洞，劝说着小金子进去养病养伤。

四

敌人在田野拉网"清剿"，村里成了据点，正在清查户口。母女两个整天为小金子担心，焦愁得饭也吃不下去。她们不让小金子出来，每天早晨，小胜儿把饭食送进洞里去，又把便尿端出来。

那天，她用一块手巾把头发包好，两只手抱着饭罐，从洞口慢慢往里爬。爬到洞中间，洞里的小油灯忽地灭了，她小声说："是我。"把饭罐轻轻放好，从身上掏出洋火，擦了好几根，才把灯点着。洞里一片烟雾，她看见小金子靠在潮湿的泥土上，脸色苍白得怕人，一言不发。她问：

"你怎么了？"

"这样下去，我就死了。"小金子说。

"这有什么办法呀？"小胜儿坐在那像在水里泡过的褥子上，"鬼子像在这里住了老家，不打，他们自己会走吗？"她又说："我问问你，杨主任牺牲了？"

"牺牲了。我老是想他。"小金子说，"跟了他两三年，年纪又差不多,老是觉得他还活着,一时想该给他打饭,一时想又该给他备马了。可是哪里去找他呀,想想罢了!"

"他的面目我记得很清楚,"小胜儿说,"那天,他跟着你到咱们家来,我觉着比什么都光荣。说话他就牺牲了,他是个南方人吧?"

"离我们有好几千里地,贵州地面哩。你看他学咱这里的话学得多像!"小金子说。

小胜儿说:

"不知道家里知道他的死讯不? 知道了,一家人要多难过!自然当兵打仗,说不上那些。"

小金子说:

"先是他同我顶着打,叫同志们转移,后来我受了伤,敌人冲到我面前,他跳出了掩体和敌人拼了死命。打仗的时候,他自己勇敢得没对儿,总叫别人小心。平时体贴别人,自己很艰苦。那天行军,他渴了,我说给他摘个瓜吃,他也不允许。"

"为什么,吃个瓜也不允许?"小胜儿问。

"因为不只他一个人呀。我心里有什么事,他立时就能看出来。也是那天,我玩弄你捎给我的小马鞭儿,他批评了我。"

"那是闹着玩儿的,"小胜儿说,"他为什么批评你哩?"

"他说是花花绿绿,不像个战士样子,我就把马鞭子装起来了。可是,过了一会儿,他又叫我谢谢你。"

"有什么谢头,叫你受了批评还谢哩!"小胜儿笑了一下,"我们别忘了给他报仇就是了! 你快着养壮实了吧!"

五

小胜儿从洞里出来,就和她娘说:

"我们该给小金子买些鸡蛋,称点挂面。"

娘说:

"叫鬼子闹的,今年麦季没收,秋田没种,高粱小米都吃不起,这年头摘摘借借也困难。"

小胜儿说:

"娘,我们赶着织个布卖了去吧!"

娘说:

"整天价逃难,提不上鞋,哪里还能织布?你安上机子,知道那兔羔子们什么时候闯进来呀?"

"要不我们就变卖点东西?人家的病要紧哩!"小胜儿说。

"你这孩子!"娘说,"什么人家的病,这不像亲兄弟一样吗?可是,咱一个穷人家,有什么可变卖的哩,有什么值钱的物件哩?"

小胜儿也仰着脖子想,她说:

"要不,把我那件袄卖了吧!"

"哪件袄?你那件花丝葛袄吗?"娘问着,"哪有还没过事,就变卖陪送的哩?"

小胜儿说:

"整天藏藏躲躲的,反正一时也穿不着,不是埋坏了,就是叫他们抢走了,我看还是拿出去卖了它吧!"

"依我的心思呀,"娘笑着说,"这么兵荒马乱,有个对事的人家,我还想早些打发你出去,省得担惊受怕哩!那件衣裳不能卖,那是我心上的一件衣裳!"

"可是,晚上,他就没得吃,叫他吃红饼子?"小胜儿说,"今儿个是集日,快拿出去卖了吧!"

到底是女儿说服了娘,包起那件衣服,拿到集上去。集市变了,看不见年轻人和正经买卖人,没有了线子市,也没有了花布市。小胜儿的娘抱着棉袄,在十字路口靠着墙站了半天,也没个买主。响午错了,才过来个汉奸,领着一个浪荡女人,要给她买件衣裳。小胜儿的娘不敢争价,就把那件衣裳卖了。她心疼了一阵,好像卖了女儿身上的肉一样。称了一斤挂面,买了十个鸡蛋,拿回家来,交给小胜儿,就啼哭起来。天还不黑就盖上被子睡觉去了。

小胜儿没有说话,下炕给小金子做饭。现在天快黑了,她手里劈着干柳树枝,眼望着火,火在她脸上身上闪照,光亮发红。好好像看见杨主任的血,看见小金子苍白的脸,看见他的脸慢慢变得又胖又红润了。她小心地把饭做熟,早早地把大门上好,就爬到洞口去拉暗铃。一种微小的柔软的声音,在地下响了。不久,小金子就钻了出来。

这一顿饭,小金子吃得很多,两碗挂面四个鸡蛋全吃了,还有点不足心的样子。吃完了饭,一抹嘴说:

"有什么吃什么就行了,干什么又花钱?"

"哪里来的钱呀,孩子,是你妹子把陪送袄卖了,给你养病哩!卖了,是叫个好人穿呀!叫那么个烂货糟蹋去了,我真心疼!你可别忘了你妹子!"小胜儿的娘在被窝里说。

"我们这是优待八路军,用不着谢,也用不着报答!"小胜儿低着头笑了笑,收拾了碗筷。

　　小金子躺在炕上。小胜儿用棉被把窗子堵了个严又严,把屋门也上了。她点起一个小油灯,放在墙壁上凿好的一个小洞里,面对着墙做起针线来,不住尖着耳朵听外面的风声。

　　在冀中平原,有多少妇女孩子在担惊,在田野里听着枪声过夜!她回过头来说:

　　"我们这还算享福哩,坐在自己家里的炕上——怎么你们睡着了?"

　　"大娘睡着了,我没睡着。"小金子说,"今天吃得多些,精神也好些,白天在洞里又睡了一会儿,现在怎么也睡不着了。你做什么哩?"

　　"做我的鞋,"小胜儿低着头说,"整天东逃西跑,鞋也要多费几双。今年军队上的活,做得倒少了。"

　　"像我整天钻洞,不穿鞋也可以!"小金子说。听着他的声音,小胜儿的鼻子也酸了,她说:

　　"你受了伤,又有病,这说不上。好好养些日子,等腿上有了力气,能走长路了,就过铁道找队伍去。做上了我的,就该给你铰底子做鞋了!"

　　小胜儿放下活计,转过身来,她的眼睛在黑影里放光。在这样的夜晚,敌人正在附近村庄放火,在田野、村庄、树林、草垛里搜捕杀害冀中的人民……

　　　　　　　　　　　　　　　　　一九五〇年一月十九日

山地回忆

　　从阜平乡下来了一位农民代表，参观天津的工业展览会。我们是老交情，已经快有十年不见面了。我陪他去参观展览，他对于中纺的织纺，对于那些改良的新农具特别感到兴趣。临走的时候，我一定要送点东西给他，我想买几尺布。

　　为什么我偏偏想起买布来？因为他身上穿的还是那样一种浅蓝的土靛染的粗布裤褂。这种蓝的颜色，不知道该叫什么蓝，可是它使我想起很多事情，想起在阜平穷山恶水之间度过的三年战斗的岁月，使我记起很多人。这种颜色，我就叫它"阜平蓝"或是"山地蓝"吧。

　　他这身衣服的颜色，在天津是很显得突出，也觉得土气。但是在阜平，这样一身衣服，织染既是不容易，穿上也就觉得鲜亮好看了。阜平土地很少，山上都是黑石头，雨水很多很暴，有些泥土就冲到冀中平原上来了——冀中是我的家乡。阜平的农民没有见过大的地块，他们所有的，只是像炕台那样大，或是像锅台那样大的一块土地。在这小小的、不规整的，有时是尖形的、有时是半圆形的、有时是梯形的小块土地上，他们费尽心思，全力经营。他们用石块垒起，用泥土包住，在边沿栽上枣树，在中间种上玉黍。

阜平的天气冷，山地不容易见到太阳，那里不种棉花，我刚到那里的时候，老大娘们手里搓着线锤。很多活计用麻代线，连袜底也是用麻纳的。

就是因为袜子，我和这家人认识了，并且成了老交情。那是个冬天，该是一九四一年的冬天，我打游击打到了这个小村庄，情况缓和了，部队决定休息两天。

我每天到河边去洗脸，河里结了冰，我蹲在冰冻的石头上，把冰砸破，浸湿毛巾，等我擦完脸，毛巾也就冻挺了。有一天早晨，刮着冷风，只有一抹阳光，黄黄的落在河对面的山坡上，我又蹲在那块石头上去，砸开那个冰口，正要洗脸，听见在下水流有人喊：

"你看不见我在这里洗菜吗？洗脸到下边洗去！"

这声音是那么严厉，我听了很不高兴。这样冷天，我来砸冰洗脸，反倒妨碍了人。心里一时挂火，就也大声说：

"离着这么远，会弄脏你的菜！"

我站在上风头，狂风吹送着我的愤怒，我听见洗菜的人也恼了，那人说：

"菜是下口的东西呀！你在上流洗脸洗屁股，为什么不脏？"

"你怎么骂人？"我站立起来转过身去，才看见洗菜的是个女孩子，也不过十六七岁。风吹红了她的脸，像带霜的柿叶，水冻肿了她的手，像上冻的胡萝卜。她穿的衣服很单薄，就是那种蓝色的破袄裤。

十月严冬的河滩上，敌人往返烧毁过几次的村庄的边沿，在寒风里，她抱着一篮子水沤的杨树叶，这该是早饭的食粮。

不知道为什么，我一时心平气和下来。我说：

"我错了，我不洗了，你在这块石头上来洗吧！"

她冷冷地望着我，过了一会儿才说：

"你刚在那石头上洗了脸，又叫我站上去洗菜！"

我笑着说：

"你看你这人，我在上水洗，你说下水脏，这么一条大河，哪里就能把我脸上的泥土冲到你的菜上去？现在叫你到上水来，我到下水去，你还说不行，那怎么办哩？"

"怎么办，我还得往上走！"

她说着，扭着身子逆着河流往上去了。蹲在一块尖石上，把菜篮浸进水里，把两手插在袄襟底下取暖，望着我笑了。

我哭不得，也笑不得，只好说：

"你真讲卫生呀！"

"我们是真卫生，你们是装卫生！你们尽笑话我们，说我们山沟里的人不讲卫生，住在我们家里，吃了我们的饭，还刷嘴刷牙，我们的菜饭再不干净，难道还会弄脏了你们的嘴？为什么不连肠子肚子都刷刷干净！"说着就笑得弯下腰去。

我觉得好笑。可也看见，在她笑着的时候，她的整齐的牙齿洁白得放光。

"对，你卫生，我们不卫生。"我说。

"那是假话吗？你们一个饭缸子，也盛饭，也盛菜，也洗脸，也洗脚，也喝水，也尿泡，那是讲卫生吗？"她笑着用两手在冷水里刨抓。

"这是物质条件不好，不是我们愿意不卫生。等我们打败了日本，占了北平，我们就可以吃饭有吃饭的家伙，喝水有喝水的家伙了,我们就可以一切齐备了。"

"什么时候,才能打败鬼子?"女孩子望着我,"我们的房,叫他们烧过两三回了!"

"也许三年,也许五年,也许十年八年。可是不管三年五年,十年八年,我们总是要打下去,我们不会悲观的。"我这样对她讲,当时觉得这样讲了以后,心里很高兴了。

"光着脚打下去吗?"女孩子转脸望了我脚上一下,就又低下头去洗菜了。

我一时没弄清是怎么回事,就问:

"你说什么?"

"说什么?"女孩子也装没有听见,"我问你为什么不穿袜子,脚不冷吗? 也是卫生吗?"

"咳!"我也笑了,"这是没有法子么,什么卫生! 从九月里就反'扫荡',可是我们八路军,是非到十月底不发袜子的。这时候,正在打仗,哪里去找袜子穿呀?"

"不会买一双?"女孩子低声说。

"哪里去买呀,尽住小村,不过镇店。"我说。

"不会求人做一双?"

"哪里有布呀? 就是有布,求谁做去呀?"

"我给你做。"女孩子洗好菜站起来,"我家就住在那个坡子上,"她用手一指,"你要没有布,我家里有点,还够做一双袜子。"

她端着菜走了,我在河边上洗了脸。我看了看我那只穿着一双"踢倒山"的鞋子,冻得发黑的脚,一时觉得我对于面前这山,这水,这沙滩,永远不能分离了。

我洗过脸,回到队上吃了饭,就到女孩子家去。她正在烧火,见了我就说:

"你这人倒实在,叫你来你就来了。"

我既然摸准了她的脾气,只是笑了笑,就走进屋里。屋里蒸气腾腾,等了一会儿,我才看见炕上有一个大娘和一个四十多岁的大伯,围着一盆火坐着。在大娘背后还有一位雪白头发的老大娘。一家人全笑着让我炕上坐。女孩子说:

"明儿别到河里洗脸去了,到我们这里洗吧,多添一瓢水就够了!"

大伯说:

"我们妞儿刚才还笑话你哩!"

白发老大娘瘪着嘴笑着说:

"她不会说话,同志,不要和她一样呀!"

"她很会说话!"我说,"要紧的是她心眼儿好,她看见我光着脚,就心疼我们八路军!"

大娘从炕角里扯出一块白粗布,说:

"这是我们妞儿纺了半年线赚的,给我做了一条棉裤,下剩的说给她爹做双袜子,现在先给你做了穿上吧。"

我连忙说:

"叫大伯穿吧!要不,我就给钱!"

"你又装假了,"女孩子烧着火抬起头来,"你有钱吗?"

大娘说:

"我们这家人,说了就不能改移。过后再叫她纺,给她爹赚袜子穿。早先,我们这里也不会纺线,是今年春天,家里住了一个女同志,教会了她。还说再过来了,还教她织布哩!你家里的人,会纺线吗?"

"会纺!"我说,"我们那里是穿洋布哩,是机器织纺的。大娘,等我们打败日本……"

"占了北平,我们就有洋布穿,就一切齐备!"女孩子接下去,笑了。

可巧,这几天情况没有变动,我们也不转移。每天早晨,我就到女孩子家里去洗脸。第二天去,袜子已经剪裁好,第三天去她已经纳底子了,用的是细细的麻线。她说:

"你们那里是用麻用线?"

"用线。"我摸了摸袜底,"在我们那里,鞋底也没有这么厚!"

"这样坚实。"女孩子说,"保你穿三年,能打败日本不?"

"能够。"我说。

第五天,我穿上了新袜子。

和这一家人熟了,就又成了我新的家。这一家人身体都健壮,又好说笑。女孩子的母亲,看起来比女孩子的父亲还要健壮。女孩子的姥姥九十岁了,还那么结实,耳朵也不聋,我们说话的时候,她不插言,只是微微笑着,她说:她很喜欢听人们说闲话。

女孩子的父亲是个生产的好手,现在地里没活了,他正计划贩红枣到曲阳去卖,问我能不能帮他的忙。部队重视民运工作,上级允许我帮老乡去作运输,每天打早起,我同大伯背上一百多斤红枣,顺着河滩,爬山越岭,送到曲阳去。女孩子早起晚睡给我们做饭,饭食很好,一天,大伯说:

"同志,你知道我是沾你的光吗?"

"怎么沾了我的光?"

"往年,我一个人背枣,我们妞儿是不会给我吃这么好的!"

我笑了。女孩子说:

"沾他什么光,他穿了我们的袜子,就该给我们做活了!"

又说:

"你们跑了快半月,赚了多少钱?"

"你看,她来查账了,"大伯说,"真是,我们也该计算计算了!"他打开放在被摞底下的一个小包袱,"我们这叫包袱账,赚了赔了,反正都在这里面。"

我们一同数了票子,一共赚了五千多块钱,女孩子说:

"够了。"

"够干什么了?"大伯问。

"够给我买张织布机子了! 这一趟,你们在曲阳给我买架织布机子回来吧!"

无论姥姥、母亲、父亲和我,都没人反对女孩子这个正义的要求。我们到了曲阳,把枣卖了,就去买了一架机子。大伯不怕多花钱,一定要买一架好的,把全部盈余都用光了。我们分着背了回来,累得浑身流汗。

这一天,这一家人最高兴,也该是女孩子最满意的一天。这像要了几亩地,买回一头牛;这像置好了结婚前的陪送。

以后,女孩子就学习纺织的全套手艺了:纺,拐,浆,落,经,镶,织。

她卸下第一匹布的那天,我出发了。从此以后,我走遍山南塞北,那双袜子,整整穿了三年也没有破绽。一九四五年,我们战胜了日本强盗,我从延安回来,在碛口地方,跳到黄河里去洗了一个澡,一时大意,奔腾的黄水,冲走了我的全部衣物,也冲走了那双袜子。黄河的波浪激荡着我关于敌后几年生活的回忆,激荡着我对于那女孩子的纪念。

开国典礼那天,我同大伯一同到百货公司去买布,送他和大娘一人一身蓝士林布,另外,送给女孩子一身红色的。大伯没见过这样鲜艳的红布,对我说:

"多买上几尺,再买点黄色的。"

"干什么用?"我问。

"这里家家门口挂着新旗,咱那山沟里准还没有哩!你给了我一张国旗的样子,一块带回去,叫妞儿给做一个,开会过年的时候,挂起来!"

他说妞儿已经有两个孩子了,还像小时那样,就是喜欢新鲜东西,说什么也要学会。

一九四九年十二月

看　护

——在天津中西女中讲的少年革命故事

　　我希望能有一部作品,完整地表现我们的看护同志,表现他们在战争中艰苦的献身的工作。

　　一九四三年冬季,日寇在晋察冀"扫荡"了三个月,对晋察冀的部队和人民来说,这是一段极端艰难的时间。那一二年里,我们接连遇到了灾荒。反"扫荡"的转移,是在"九一八"下午开始的,我们刚刚开完纪念会,就在会场上整理好队伍,并且发下了冬天的服装和鞋袜。我们背上这些东西,在沙滩上行军,不断地蹚水过河。情况一开始就很紧张,来不及穿鞋,就手里提着。接连过了几条小河,队伍渐渐也就拉散了,我因为动作迟缓,落在了后面。回头一看,只有一个女孩子,一只脚蹬在河边一块石头上,眼睛望着前边的队伍,匆忙地穿上鞋,就很快地跟上去了。

　　这女孩子有十六七岁,长得很瘦弱,背着和我一样多的东西,外加一个鼓鼓的药包,跑起路来,上身不断地摇摆,活像山头那棵风吹的小树。我猜她准是分配到我们队上来的女看护。

　　"快跑,小鬼!"我追在后面笑着喊。

"反正叫你落不下!"她回头笑了一下,这笑和她的年岁很不相称。她幼小的生活里一定受过什么压抑。我注意她的脚步,这孩子缠过脚,我明白了为什么过河以后,她总是要穿上鞋。

前面的队伍正蹚过一条大河,爬到对面高山上去。头上是宽广的蓝天。忽然听到飞机的叫声,立时就开始了扫射。我看见女孩子急忙脱了鞋,卷高裤腿,跑进水里去,河水搭到她的腰那里,褂子全湿了,却用两只手高高举起了药包。她顺着水流歪歪斜斜地前进,没走到河心,就叫水冲倒,我赶紧跑上去,拉起她来,扯过河去。

我们刚登上岸,我觉得脚上一热,就倒了下来,血冒在沙滩上。

敌人的飞机一直低飞着,扫射着河滩和岩石,扫伤了我的左脚。近处一个村庄起火了,跑出很多人,妇女们来不及脱去鞋袜,抱着孩子跳进河里去。她们居住在这样偏僻的地方,从没见过飞机,更没听过这样刺耳的声音,敌人竟找到这里破坏和威胁了她们的生活。她们嚷嚷着,招唤着家里的人,催我们快快上山。她们说,飞机在她们村庄下蛋的时候那样低,在一棵老槐树下面钻了过去,一个大姑娘来不及闪躲,就叫飞机上的鬼子,从窗口打死了。女孩子告诉她们不要乱,让她们先走;又低着头,取出一个卫生包,替我裹伤。在我们身边跑过的男人们也嚷嚷骂着,说等他们爬到山顶,飞机再低着身子飞,他们就抱大石头砸下它来!

扎住伤口,女孩子说:

"你把东西放下吧,我给你背!"

"哪里的话,你这么小的人,会把你压死了哩!"我勉强站立起来，女孩子搀扶了我，挨上山去。

我们在山顶走着，飞机走了，宽大清澈的河流在山下转来转去，有时还能照见我们的影子。山上两旁都是枣树，正是枣熟枣掉的时候，满路上都是渍出蜜汁来的熟透的红枣。我们都饿了，可是遵守着行军的纪律，不拾也不踏，咽着唾沫走过去。

队上的医生老康，靠在前面一棵枣树上等我们。我们两个是好开玩笑的，每一见面，就都忍不住笑。我叫他"雷佛那儿"，这是因为那时医药条件困难，不管谁有什么外科破伤，他都是给开这一味药。他治病的特点是热情多于科学。他跑上来说：

"刚一出发你就负伤了！"

"可是并不光荣。"我说，"正在用腿用脚的时候，你看多倒霉！"

"每天宿营下来，我叫刘兰去给你换药！"他说着替女孩子搀扶着我，刘兰才有工夫坐下去倒出她鞋里的沙土和石块。

"这孩子很负责任，"老康接着小声说，"她是一个童养媳，婆家就在我们住过的那个村庄，从小挨打受气，忍饥挨冻。这次我们动员小看护，她的一个伙伴把她也叫了来，坚决参加。起初她婆婆不让，找了来。她说：'这里有吃的有穿的，又能学习上进，你们为什么不让我进步？'婆婆说：'……你吃上饱饭，可不能变习，你长大成人，还是俺家的媳妇！'她没有答话。"

从这天起，每天晚上到村庄找好房子，刘兰就背着药包笑嘻嘻地找了我来，叫我坐在炕上，她站在地下替我洗好伤口换好药，才回去洗脸休息。可是我的伤口并不见好，情况越来越紧，行军越来越急迫，腿脚越来越不顶事。我成为队伍的累赘，心里很烦恼。第二天，黎明站队，组织上决定要把我坚壁到远处一座高山上去。叫刘兰跟随。我心里有些焦急，望望刘兰她却没有怨言。在这样紧张的情况下面，人生地疏，叫一个女孩子带一个伤号，她该是更焦急的。

我们按着路线出发，刘兰不知从哪里给我摸来一根木棍。天明我们进入了繁峙县的北部。这是更加荒凉的地方，山高水急，道狭村稀。在阴暗潮湿的山沟里转半天，看不见一个村庄，遇不见一个行人，听不见一声鸡叫。只有从沙滩上和过河的踏石上留下的毛驴蹄印或是粪块，才断定是人行的大道。

一到下午，肚里就饿了。天已经快黑了，还看不见一个村庄。前面就是那座高山了，在山底下，我要求坐下来休息一下，想到在爬这样高山以前，最好能有一块玉米面饼子垫垫肚，然而我们并没有。希望就在山顶上。刘兰催我开路。

振作精神，刘兰扶我上山去。我心里发慌，眼发黑，差不多忘记了脚痛，爬了半天，我饿得再也不能支持，迷糊过去。等到睁开眼，刘兰坐在我的身边，天已经暗下来了。在我们头上，有一棵茂密的酸枣树，累累的红艳的酸枣在晚风里摇摆。我一时闻到了枣儿的香味和甜味。刘兰也正眼巴巴望着酸枣，眉头蹙得很高。看见我醒来，她很高兴，说：

"同志，到了这个地步，摘一把酸枣儿吃，该不算犯纪律吧！"

我笑着摇摇头，她伸过手去就捋下一把，送到我嘴里，她也接连吞下几把。才发觉一同吞下了枣核和叶子，枣刺划破了她的手掌。

吞吃了酸枣，有了精神和力量，在苍茫的夜色里看到了山顶的村庄，有一片起伏的成熟的莜麦，像流动的水银。还有一所场院,一个男人下身穿着棉裤,上身光着膀子,高举着连枷;在他身旁有一个年轻的妇女用簸箕迎风扬送着丈夫刚刚打下的粮食,她的上身只穿着一件红色的兜肚。

我同刘兰就住在这小小的山庄上。进村以后,刘兰叫我坐在街头休息,她去找上关系,打扫了房子,然后才把我安排到炕上。接着她又做饭烧炕,洗净吃饭的锅,煮刀剪、消毒药棉……弄到半夜,她才到对过妇救会主任老四屋里去睡觉。

这一晚,我听着五台山顶的风声,远处杉林里的狼叫,一时睡不着,却并没有感觉不安。我们是四海为家的,我们是以一切人民为兄弟姐妹的。从炕头的窗口望过去,刘兰和老四也没有睡,两个人的影子在窗纸上摇动。她们在拉着家常:

"你们从哪里来呀?"

"从很远的地方。"

"那病人是谁呀?"

"我们队上一个干部。"

"你是干什么的?"

"我是看护。"

"是大脉先生吗? 给我看看病吧!"

"什么病呀,你先和我学说学说,过几天,我们的医生就过来了!"

"就是咱们妇道的病呀……"

下面的话,我就听不清。可是接着我就听见,老四也是一个童养媳,十四岁上成的亲,今年二十四岁了,还没有一个小孩。老四说:

"我们这山顶顶上的人家,就是难得有个娃,要不就是养不下,要不就是活不大!"

刘兰说:

"这是因为我们结婚太早,生活苦,又不知道卫生,以前我也是个童养媳……"

接着两个人就诉起苦来,你疼我,我疼你地闹了多半夜才睡觉。

因为刘兰还不会做莜面,老四就派了两位妇女来帮忙。她们都穿着白粗布棉裤、黑羊皮袄,她们好像从来没洗过脸,那两只手,也只有在给我们和面和搓窝窝的过程里才弄洁白,那些脏东西,全和到我们的饭食里去了。这一顿饭,我和刘兰吃起来,全很恶心,刘兰说:

"你身体好些的时候,多教我认几个字吧,我要给她们讲讲卫生课。"

不多几天,她这讲习班就成立起来,每天晚上,有十几个青年妇女集在老四屋里,对刘兰讲的问题发生很大的兴趣。刘兰告诉她们,她们生病的根源就在她们都是用一块脏布包上灰土当作月经带,用过了,就塞到茅房里,下次再用,一用二三年。刘兰告诉她们,要把布洗净,放在干净地方……

"你看刘兰多干净!"妇女们笑着说,"我们向你学习!"

从此,我看见这些妇女们,每天都洗洗手脸,有的并且学着我们的样子,在棉袄和皮衣里衬上一件单褂。我觉得刘兰把文化带给了这小小的山庄,它立刻就改变了很多人的生活,并给她们的后代造福。

有空,刘兰就帮她们到地里去收庄稼,她有时带回一些野韭菜、野葱、野蒜,包莜面饺子,改善我的伙食;有时带回一些玉黍秸,叫我当甜棒吃,好补充我身体里缺少的糖分。有一次,她不知道从哪里捉来几条小沙鱼。这样高的山上能有小鱼,已经新鲜;叫老四看见了,活像看见蛇一样,无论如何不叫我吃,她说那会把我毒死,更不叫在她家锅里煮。

不久就下了大雪,我们都穿上了新棉衣,刘兰要在我的和她的袄领上缝上一个白衬领。她坐在炕上缝着,笑着说她还是头一次穿这样里表三新的棉袄裤,母亲一辈子也没享过这个福。叫她看来,八路军的生活好多了,这山庄上谁也没有我们这一套棉衣。

下了大雪,消息闭塞。我写了一封信,和大队上联系,叫刘兰交给村长,派一个人送到区上去。刘兰回来说,这样大雪,村长派不动人,要等踏开道了才能送去。我的伤口正因为下雪发痛,一听就火了,我说:

"你再去把村长叫来,我教育教育他!"

刘兰说:

"下了这样大雪,连街上都不好走,山路上,雪能埋了人;这里人们穿着又少,人家是有困难!"

"有困难就得克服!"我大声说,"我们就没困难过? 我们跑到这山顶顶上来,挨饿受冻为的谁呀?"

"你说为的谁呀?"刘兰冷笑着,"挨饿受冻? 我们每天两顿饱饭,一天要烧六十斤茅柴,是谁供给的呀?"

"你怎么了!"我欠起身来,"是我领导你,还是你领导我?"

"咱们是工作关系,你是病人,我是看护,谁也不能压迫谁!"

刘兰硬邦邦地说。

"小鬼!"我抓起在火盆里烤着的一个山药,就向她脸上打去,她一闪,山药粘到门上;刘兰气得脸发白,说:

"你是干部,你打人骂人!"

说罢就转身出去了。

我很懊悔,在炕上翻来覆去。外面风声很大,雪又打着窗纸,火盆里的火弱了,炕也凉了,伤口更痛得厉害。我在心里检讨着自己的过错。

老四推门进来,带着浑身的雪,她说:

"怎么了呀,同志?你们刘兰一个人跑到村口那里啼哭,这么大风大雪!"

"你快去把她叫来,"我央告着老四,"刚才我们吵了架。你对她说,完全是我的错误!"

老四才慌忙地去叫她。这一晚上,她没到我屋里来。第二天,风住天晴,到了换药的时候,刘兰来了,还是笑着。我向她赔了很多不是,她却一句话也没说,给我细心地换上药,就又拿起那封信,找村长去了。

接到大队来信,要我转移,当夜刘兰去动员担架。她挂着一根棍子,背着我们全部的东西,头上包着一块手巾,护住耳朵和脸,在冰雪擦滑的路上,穿着一双硬底山鞋,一步一个响声,迎着大风大雪跟在我的担架后面⋯⋯

一九五〇年五月护士节于天津

吴召儿

得胜回头

这二年生活好些,却常常想起那几年的艰苦。那几年,我们在山地里,常常接到母亲求人写来的信。她听见我们吃树叶黑豆,穿不上棉衣,很是担心焦急。其实她哪里知道,我们冬天打一捆白草铺在炕上,把腿舒在袄袖里,同志们挤在一块,是睡得多么暖和!她也不知道,我们在那山沟里沙地上,采摘杨柳的嫩叶,是多么热闹和快活。这一切,老年人想象不来,总以为我们像度荒年一样,整天愁眉苦脸哩!

那几年吃得坏,穿得薄,工作得很起劲。先说抽烟吧:要老乡点兰花烟和上些芝麻叶,大家分头卷好,再请一位有把握的同志去擦洋火。大伙围起来,遮住风,为的是这唯一的火种不要被风吹灭。然后先有一个人小心翼翼地抽着,大家就欢乐起来。要说是写文章,能找到一张白报纸,能找到一个墨水瓶,那就很满意了。可以坐在草堆上写,也可以坐在河边石头上写。那年月,有的同志曾经为一个不漏水的墨水瓶红过脸吗?有过。这不算什么，要是像今天，好墨水，车载斗量，就不再会为一个空瓶子争吵了。关于行军：就不用说从阜平到王快镇那一段讨厌的砂石路，叫人进一步退半步；不用说雁北那蹚不完的冷水小河，蹚不住的冰滑踏石，转不尽的阴山背后；就是两界峰的柿子，插箭岭的风雪，洪子店的豆腐，雁门关外的辣椒杂面，也使人留恋想念。还有会餐：半月以前就做精神准备，事到临头，还得拼着一场疟子，情愿吃得上吐下泻，也得弄他个碗净锅干；哪怕吃过饭再去爬山呢！是谁偷过老乡的辣椒下饭，是谁用手榴弹爆炸河潭的小鱼？哪个小组集资买了一头蒜，哪个小组煮了狗肉大设宴席？

留在记忆里的生活，今天就是财宝。下面写的是在阜平三将台小村庄我的一段亲身经历，其中都是真人真事。

民　校

我们的机关搬到三将台，是个秋天，枣儿正红，芦苇正吐花。这是阜平东南一个小村庄，距离有名的大镇康家峪不过二里路。我们来了一群人，不管牛棚马圈全住上，当天就劈柴做饭，上山唱歌，一下就和老乡生活在一块了。

那时我们很注意民运工作。由我去组织民校识字班，有男子组，有妇女组。且说妇女组，组织得很顺利，第一天开学就全到齐，规规矩矩，直到散学才走。可是第二天就都抱了孩子来，第三天就在课堂上纳起鞋底，捻起线来。

识字班的课程第一是唱歌，歌唱会了，剩下的时间就碰球。山沟的青年妇女们，碰起球来，真是热烈，整个村子被欢笑声浮了起来。

　　我想得正规一下，不到九月，我就给她们上大课了。讲军民关系，讲抗日故事，写了点名册，发了篇子。可是因为座位不定，上了好几次课，我也没记清谁叫什么。有一天，我翻着点名册，随便叫了一个名字：

　　"吴召儿！"

　　我听见嗤的一声笑了。抬头一看，在人群末尾，靠着一根白杨木柱子，站起一个女孩。她正在背后掩藏一件什么东西，好像是个假手榴弹，坐在一处的女孩子们望着她笑。她红着脸转过身来，笑着问我：

　　"念书吗？"

　　"对！你念念头一段，声音大点。大家注意！"

　　她端正地立起来，两手捧着书，低下头去。我正要催她，她就念开了，书念得非常熟快动听。就是她这认真的念书态度和声音，不知怎样一下就印进了我的记忆。下课回来，走过那条小河，我听到了只有在阜平才能听见的那紧张激动的水流的声响，听到在这山草衰白柿叶霜红的山地，还没有飞走的一只黄鹂的叫唤。

向　导

　　十一月，老乡们披上羊皮衣，我们反"扫荡"了。我当了一个小组长，村长给我们分配了向导，指示了打游击的地势。别的组都集合起来出发了，我们的向导老不来。我在沙滩上转来转去，看看太阳就要下山，很是着急。

听说敌人已经到了平阳，到这个时候，就是大声呼喊也不容许。我跑到村长家里去，找不见，回头又跑出来，才在山坡上一家门口遇见他。村长散披着黑羊皮袄，也是跑得呼哧呼哧，看见我就笑着说：

"男的分配完了，给你找了一个女的！"

"怎么搞的呀？村长！"我急了，"女的能办事吗？"

"能办事！"村长笑着，"一样能完成任务，是一个女自卫队的队员！"

"女的就女的吧，在哪里呀？"我说。

"就来，就来！"村长又跑进那大门里去。

一个女孩子跟着他跑出来。穿着一件红棉袄，一个新鲜的白色挂包，斜在她的腰里，装着三颗手榴弹。

"真是，"村长也在抱怨，"这是反'扫荡'呀，又不是到区里验操，也要换换衣裳！红的目标大呀！"

"尽是夜间活动，红不红怕什么呀，我没有别的衣服，就是这一件。"女孩子笑着，"走吧，同志！"说着就跑下坡去。

"路线记住了没有？"村长站在山坡上问。

"记下了，记下了！"女孩子嚷着。

"别这么大声怪叫嘛！"村长说。

我赶紧下去带队伍。女孩子站在小河路口上还在整理她的挂包，望望我来了，她一跳两跳就过了河。

在路上，她走得很快，我跑上前去问她：

"我们先到哪里？"

"先到神仙山！"她回过头来一笑，这时我才认出她就是那个吴召儿。

神仙山

神仙山也叫大黑山,是阜平最高最险的山峰。前几天,我到山下打过白草;吴召儿领导的,却不是那条路,她领我们走的是东山坡一条小路。靠这一带山坡,沟里满是枣树,枣叶黄了,飘落着,树尖上还留着不少的枣儿,经过风霜,红的越发鲜艳。吴召儿问我:

"你带的什么干粮?"

"小米炒面!"

"我尝尝你的炒面。"

我一边走着,一边解开小米袋的头,她伸过手来接了一把,放到嘴里,另一只手从口袋里掏出一把红枣送给我。

"你吃枣儿!"她说,"你们跟着我,有个好处。"

"有什么好处?"我笑着问。

"保险不会叫你们挨饿。"

"你能够保这个险?"我也笑着问,"你口袋里能装多少红枣,二百斤吗?"

"我们走到哪里,吃到哪里。"她说。

"就怕找不到吃喝哩!"我说。

"到处是吃喝!"她说,"你看前头树上那颗枣儿多么大!"

我抬头一望,她飞起一块石头,那颗枣儿就落在前面地下了。

"到了神仙山,我有亲戚。"她捡起那颗枣儿,放到嘴里去,"我姑住在山上,她家的倭瓜又大又甜。今儿晚上,我们到了,我叫她给你们熬着吃个饱吧！"

在这个时候，一顿倭瓜，也是一种鼓励。这鼓励还包括：到了那里，我们就有个住处，有个地方躺一躺，有个老乡亲切地和我们说说话。

天黑的时候，我们才到了神仙山的脚下。一望这座山，我们的腿都软了，我们不知道它有多么高；它黑得怕人，高得怕人，危险得怕人，像一间房子那样大的石头，横一个竖一个，乱七八糟地躺着。一个顶一个，一个压一个，我们担心，一步蹬错，一个石头滚下来，整个山就会天崩地裂房倒屋塌。她带领我们往上爬，我们攀着石头的棱角，身上出了汗，一个跟不上一个，落了很远。她爬得很快，走一截就坐在石头上望着我们笑，像是在这乱石山中，突然开出一朵红花，浮起一片彩云来。

我努力跟上去，肚里有些饿。等我爬到山半腰，实在走不动，找见一块平放的石头，就倒了下来，喘息了好一会儿，才能睁开眼：天大黑了，天上已经出了星星。她坐在我的身边，把红枣送到我嘴里说：

"吃点东西就有劲了。谁知道你们这样不行！"

"我们就在这里过一夜吧！"我说，"我的同志们恐怕都不行了。"

"不能。"她说，"就快到顶上了，只有顶上才保险。你看那上面点起灯来的，就是我姑家。"

我望到顶上去。那和天平齐的地方，有一点红红的摇动的光；那光不是她指出，不能同星星分别开。望见这个光，我们都有了勇气，有了力量；它强烈地吸引着我们前进，到它那里去。

姑　家

　　北斗星转下山去,我们才到了她的姑家。夜深了,这样高的山上,冷风吹着汗湿透的衣服,我们都打着牙噤。钻过了扁豆架、倭瓜棚,她尖声娇气叫醒了姑。老婆子费了好大工夫才穿好衣裳开开门。一开门,就有一股暖气,扑到我们身上来,没等到人家让,我们就挤到屋里去,那小小的屋里,简直站不开我们这一组人。人家刚一让我们上炕,有好几个已经爬上去躺下来了。

　　"这都是我们的同志。"吴召儿大声对她姑说,"快给他们点火做饭吧!"老婆子拿了一根麻秸,在灯上取着火,就往锅里添水,一边仰着头问:

　　"下边又'扫荡'了吗?"

　　"又'扫荡'了。"吴召儿笑着回答,她很高兴她姑能说新名词,"姑! 我们给他们熬倭瓜吃吧!"她从炕头抱下一个大的来。

　　姑笑着说:

　　"好孩子,今年摘下来的顶属这个大,我说过几天叫你姑父给你送去哩!"

　　"不用送去,我来吃它了!"吴召儿抓过刀来把瓜剖开,"留着这瓜子炒着吃。"

　　吃过了香的、甜的、热的倭瓜,我们都有了精神,热炕一直热到我们的心里。吴召儿和她姑睡在锅台上,姑侄俩说不完的话:

　　"你爹给你买的新袄?"姑问。

　　"他哪里有钱,是我给军队上纳鞋底挣了钱换的。"

　　"念书了没有?"

"念了,炕上就是我的老师。"

截　击

第二天,我们在这高山顶上休息了一天。我们从小屋里走出来,看了看吴召儿姑家的庄园。这个庄园,在高山的背后,只在太阳刚升上来,这里才能见到光亮,很快就又阴暗下来。东北角上一洼小小的泉水,冒着水花,没有声响;一条小小的溪流绕着山根流,也没有声响,水大部分渗透到沙土里去了。这里种着像炕那样大的一块玉蜀黍,像锅台那样大的一块土豆,周围是扁豆,十几棵倭瓜蔓,就奔着高山爬上去了! 在这样高的黑石山上,找块能种庄稼的泥土是这样难,种地的人就小心整齐地用石块把地包镶起来,恐怕雨水把泥土冲下去。奇怪! 在这样少见阳光,阴湿寒冷的地方,庄稼长得那样青翠,那样坚实。玉蜀黍很高,扁豆角又厚又大,绿得发黑,像说梅花调用的铁响板。

吴召儿出去了,不久,她抱回一捆湿木棍:

"我一个人送一把拐杖,黑夜里,它就是我们的眼睛!"

她用一把锋利明亮的小刀,给我们修着棍子。这是一种山桃木,包皮是紫红色,好像上了油漆;这木头硬得像铁一样,打在石头上,发出铜的声音。

这半天,我们过得很有趣,差不多忘记了反"扫荡"。

当我们正要做下午饭,一个披着破旧黑山羊长毛皮袄,手里提着一根粗铁棍的老汉进来了;吴召儿赶着他叫声姑父,老汉说:

"昨天,我就看见你们上山来了。"

"你在哪看见我们上来呀?"吴召儿笑着问。

"在羊圈里,我喊你来呀,你没听见!"老汉望着内侄女笑,"我来给你们报信,山下有了鬼子,听说要搜山哩!"

吴召儿说:"这么高山,鬼子敢上来吗? 我们还有手榴弹哩!"

老汉说:"这几年,这个地方目标大了,鬼子真要上来了,我们就不好走动。"

这样,每天黎明,吴召儿就把我唤醒,一同到那大黑山的顶上去放哨。山顶不好爬,又危险,她先爬到上面,再把我拉上去。

山顶上有一丈见方的一块平石,长年承受天上的雨水,给冲洗得光亮又滑润。我们坐在那平石上,月亮和星星都落到下面去,我们觉得飘忽不定,像活在天空里。从山顶可以看见山西的大川,河北的平原,十几里、几十里的大小村镇全可以看清楚。这一夜下起大雨来,雨下得那样暴,在这样高的山上,我们觉得不是在下雨,倒像是沉落在波浪滔天的海洋里,风狂吹着,那块大平石也像要被风吹走。

吴召儿紧拉着我爬到大石的下面,不知道是人还是野兽在那里铺好了一层软软的白草。我们紧挤着躺在下面,听到四下里山洪暴发的声音,雨水像瀑布一样,从平石上流下,我们像钻进了水帘洞。吴召儿说:

"这是暴雨,一会儿就晴的,你害怕吗?"

"要是我一个人我就怕了,"我说,"你害怕吧?"

"我一点也不害怕,我常在山上遇见这样的暴雨,今天更不会害怕。"吴召儿说。

"为什么?"

"领来你们这一群人，身上负着很大的责任呀，我也顾不得怕了。"

她的话，像她那天在识字班里念书一样认真，她的话同雷雨闪电一同响着，响在天空，落在地下，永远记在我的心里。

一清早我们就看见从邓家店起，一路的村庄，都在着火冒烟。我们看见敌人像一条虫，在山脊梁上往这里爬行。一路不断响枪，是各村伏在山沟里的游击组。吴召儿说：

"今年，敌人不敢走山沟了，怕游击队。可是走山梁，你就算保险了？兔崽子们！"

敌人的目标，显然是在这个山上。他们从吴召儿姑父的羊圈那里翻下，转到大黑山来。我们看见老汉仓惶地用大鞭把一群山羊打得四散奔跑，一个人蹿着乱石往山坡上逃。吴召儿把身上的手榴弹全拉开弦，跳起来说：

"你去集合人，叫姑父带你们转移，我去截兔崽子们一下。"她在那乱石堆中，跳上跳下奔着敌人的进路跑去。

我喊：

"红棉袄不行啊！"

"我要伪装起来！"吴召儿笑着，一转眼的工夫，她已经把棉袄翻过来。棉袄是白里子，这样一来，她就活像一只逃散的黑头的小白山羊了。一只聪明的、热情的、勇敢的小白山羊啊！

她蹿在乱石尖上跳跃着前进。那翻在里面的红棉袄，还不断被风吹卷，像从她的身上撒出的一朵朵的火花，落在她的身后。

当我们集合起来，从后山上跑下，来不及脱鞋袜，就跳入山下那条激荡的大河的时候，听到了吴召儿在山前连续投出的手榴弹爆炸的声音。

联　想

不知她现在怎样了。我能断定,她的生活和历史会在我们这一代生活里放光的。关于晋察冀,我们在那里生活了快要十年。那些在我们吃不下饭的时候,送来一碗烂酸菜;在我们病重行走不动的时候,替我们背上了行囊;在战斗的深冬的夜晚,给我们打开门,把热炕让给我们的大伯大娘们,我们都是忘记不了的。

一九四九年十一月

石 猴
——平分杂记

　　大官亭是饶阳县有名的富村,这村里有很多的地主和财东。平分时候,这村的浮财,远近都嚷动。大官亭附近有个小官亭,小官亭的浮财,账单不到一尺长,有几个妇女坐在炕头上,一早晨的工夫就分清。分清了,可是人们还有意见,妇女们为一尺二尺洋布争吵起来。你的细,我的粗,她的花样好……新农会主席就说:"别争了,你们到大官亭去看看,人家那里,丝绵绸缎,单夹皮棉,整匹和零头的绢纺,堆满五间大房子,间间顶着房梁。要像你们这么争起来,就一辈子也分不清了!"

　　"在那里主事的,可得有两下子,账房先生也得有一套!"妇女们说。

　　"一套还不够! 总得有好几套。"主席说,"工作组是县级干部;账房是过去给七班管事的侯先生!"

　　"保管也得是行家!"妇女们说。

　　主席说:"那是。先别说牲口、车辆、红货木器、农具粮草,都有专门男保管;衣服布匹、锡铜瓷器、大镜花瓶还有两位女保管。"

小官亭的人们正议论大官亭的红花热闹，大官亭的贫农团却出了问题。

出了什么问题？原来在大官亭做平分的干部是县联社的老侯，这人从小是个买卖底，家里现在的成分，有的说是中农，有的说是富农，土地会议上也没弄清楚，表上也没填明白。

这个老侯二十六七岁，长得细眉细眼，见人就笑，很有个外表上的人缘。穿得时兴干净：脑袋上的毛巾总是新的，衬衣小褂的尖领总露在外面，鞋总是小圆口，紫花白镶边，一切穿戴都是冀中人看来顶漂亮的。

工作组刚从土地会议上下来，人们都是兢兢业业，只怕犯错误，出偏向。渐渐政策越来越宽大，干部的作风也就松懈下来。不久，小区联席会上，大官亭一个代表反映老侯有男女问题，小区区委书记老邴追问，老侯只承认求妇女部做过一双鞋。过了几天，小区工作组开会的时候，老侯掏出烟荷包抽烟，那真是一个非常鲜亮精致的玩意儿，蓝缎子白花，还有一个用黑丝绳系着的小小的石猴儿。

那小猴儿弓着身子吃着偷的仙桃。工作组的同志们抢着看，老侯只是眯着眼笑。

传看一遍，人人夸好。夸针线活儿做得好，也夸小猴儿雕刻得巧，老侯赶紧抢回装到口袋里去了。

老邴却把脸一板说：

"哪里来的？"

因为老邴这么一问，人们的脸也都板起来，老侯也不笑了。他说：

"求人做的。"

石猴 | 181

"谁做的?"

"妇女部。"

"缎子是谁的?"

"贫农团的,是一块不成材料的零头。"

"小猴儿呢?"

"是在贫农团乱东西里捡出来的。"

"你动手捡的?"

"是女保管捡出来,我看了看说好,她们就说:老侯正求人做烟荷包儿,再送给你个小猴做坠儿吧!"

"这就成了你的坠儿,累坠儿!"老邴说,"同志,你要反省一下。"

"我反省什么?"老侯紧张起来。

"我要你反省:侵占了农民的斗争果实!"

"没有那么严重!"

"没有那么严重? 我问你:缎子和猴儿是不是果实?"

"是果实,可是像这个鸡毛蒜皮的东西,农民并不在乎,是他们异口同声地说:送给你吧,老侯,你为我们忙上忙下,这么点东西没人反映!"

"想想吧,同志!"老邴说,"他们是为了报答你的恩情,才送给你;你倒说是鸡毛蒜皮!"

"你要往深里想嘛,我也没有办法。"老侯说。

"他们不会忘记这点东西的,他们要祖祖辈辈传说:哪年哪月村里闹平分,工作组老侯从我们这里拿走一个玉石猴儿!"

"这不是玉石的,"老侯说,"我没卖过古董,我也懂这个眼,这是化石的;化石猴儿,不信,你们看!"他拿着小猴儿在桌面上一划,留下一道白印。

"我们这里没有珠宝商人,我只是请你想想:你给党造成了什么影响?"老邴说。

果然,不久就听见群众传说:大官亭贫农团斗争出来一件宝贝,是个玉石猴儿。说这是七班的传家之宝,是七班的老祖宗从云南做官得来的。后来又说:这个猴儿你别看那么小,可古董得怪。天要刮风,它的身上就发热;天要下雨,它的身上就发湿。这猴儿能算卦,能避邪,能治病,长疙瘩长疮,叫它一磨就好。夜里能放宝光,能变戏法,能骑羊做戏,能把石头桃变成深州大蜜桃。

又说:这是无价之宝,七班把它埋得严实极了,什么东西也拿出来,就是不肯露这个。大官亭的贫农团用了多少方式方法,才抖搂出来!

有人问:这宝贝不知要落到谁手? 就传说:工作组老侯强要了去。后来县里又要去送给冀中了,边区又派人要去了。咳,听说各村值钱的果实,边区都要拿走。穷人斗争半天,只能分点破补拆烂套子的,杀人白落两手血……

谣言比什么也传得快,霍乱伤寒全不行。没人在街上说,却有人在集上讲,不久整个的饶阳县都传遍。天不下雨,有人说:你看要有大官亭那猴儿多好;哪村死了人,人们就说:摸不着大官亭那猴儿,那猴儿比什么中医西医全顶事,他这病,要遇见人家那猴儿就死不了……

县委听到这谣言,说谣言明显地表露着政治问题,叫老邴查明报告,调老侯到党校整风。老侯临走哭了一场,把荷包和小猴儿交给老邴,老邴倒出荷包里的烟,把荷包和小猴儿亲自送到大官亭,交到贫农团。贫农团正副主席和各位代表,当场把荷包和小猴儿,丢在保管股的铁柜里,从今以后,谁也不敢动这个祸害了。

老邴在代表面前做了检讨,代表们说:

"邴同志:这真是叫人哭不得笑不得。这是从哪里说起,老侯同志要为这个受处分,可真冤枉!邴同志还得和上级把这个情由提说提说。不行的话,我们全体代表到县里去保他。全是一派谣传!这村的老年人,也从来没听见七班有过什么猴儿,能这么兴妖作怪!"

老邴说:

"兴妖作怪不是猴儿,是我们的敌人,村里有看不见的无线电。老侯同志作风不好,叫人家借尸还魂,受点处分也不算冤枉。"

一九四九年十一月四日

采 蒲 台

越过平原,越过一条大堤,就是白洋淀水乡了。

这里地势低下,云雾很低,风声很急,淀水清澈得发黑色。芦苇万顷,俯仰吐穗。

自从敌人在白洋淀修起炮楼,安上据点,抢光白洋淀的粮食和人民赖以活命的苇,破坏一切治渔的工具,杀吃了鹅鸭和鱼鹰;很快,白洋淀的人民就无以为生,鱼米之乡,变成了饿殍世界。

正二月间,正是环境残酷,白洋淀的人们没法生活的时候。县里派我到这一带组织渔民斗争,就住在采蒲台。

采蒲台是水淀中央的一个小村庄,平常敌人"扫荡"不到。这里,房屋街道挤得像蜂窠,一条条的小胡同,窄得两个人不能并肩行走,来往相遇,只能侧身让过。一家家的小院落,飘着各色各样的破布门帘,满街鸭子跑,到处苇花飞。

家家墙上张挂鱼网,墙角安放锅灶,堆着鱼篮虾篓和打死的水鸭子;院里门前,还要留下一块地方,碾苇和编席。

支部书记把我领到紧靠水边的曹连英家去住下。曹连英四十来岁了，老婆比他小几岁，一个姑娘十七岁了，名叫小红。

连英不好说话，一心做活，手里总是不闲着。媳妇是个活泼敞快的人，好说好笑；女孩子跟娘一样。

支部书记把我安置下了，就要回去。连英的媳妇跟出去，小声说：

"叫同志吃什么呀？"

支部书记说：

"你们吃什么，他就跟着吃什么吧，他知道我们这里的困难。"

"我们，"连英的媳妇笑笑说，"我们光吃地梨。"

支部书记低头想了想说：

"先熬几天，等开了凌再说。"说完就出门走了。

每天，天不明，这一家人就全起来了。曹连英背上回子，沿着冰上的小路，到砸好的冰窟窿那里去掏鱼。他把那有两丈多长的竿子，慢慢推进冰底下，掏着捞着拉出来，把烂草和小鱼倒在冰上……

小红穿一件破花布棉袄，把苇放在院里，推动大石碌子来回碾轧。她整天在苇皮上践踏，鞋尖上飞破，小手冻得裂口。轧完苇，交娘破着，她提上篮子去挖地梨。直等到天晚了才同一群孩子沿着冰回来，嘴唇连饿带冻，发青发白，手指头叫冰凌扎得滴着血。娘抬头看见，眼里含着泪说：

"孩子饿了，先去吃块糠饼子吧！开了凌，我们拿上席到端村去卖，换些粮食。"

小姑娘嚼着冰硬的饼子说：

"粮食，粮食，什么时候我们才有粮食吃呀！"说完，她望着我。

娘笑着说：

"对，跟同志要吧，他是咱们的一个指望，他来了，我们就又快过好日子了！"

我看在眼里，也酸酸地难过，就说："开了凌，我们去弄些吃喝来！"说着，连英也背着回子回来了，把鱼倒在筛子里。媳妇赶紧接过来，拿到门口水边去淘洗干净，又喊女孩子生火做饭，给爹烤干那湿透的裤子。

曹连英说：

"淀里起风了，凌就要开！"

这一晚上，我听见小红和两个青年妇女（她们的丈夫全参军去了）在外间屋地下编席。她们编着歌儿唱，一边在竞赛着。我记得这样三首：

　　　　快快编，快快编，

　　　　我小红编个歌儿你看看。

　　　　编个什么歌儿呀，

　　　　眉子细，席子白。

　　　　八路同志走了你还要来。

　　　　这些日子，你睡的谁家的炕，

　　　　他家的席子

　　　　可有我们的白？

　　　　你们什么时候来？

　　　　你们什么时候来？

我思念你们，应该不应该？
你们远出在外，
敌人，就上咱的台阶！
你快快打回来，
你快快打回来！
这样艰难的日子，
我们实在难挨。

我的年纪虽然小，
我的年纪虽然小，
你临走的话儿
记得牢，记得牢：
不能叫敌人捉到，
不能叫敌人捉到！
我留下清白的身子，
你争取英雄的称号！

　　风越刮越大，整整刮了一夜。第二天，我从窗口一看，淀里的凌一丝也不见，全荡开了，一片汪洋大水，打得岸边噼噼啪啪地响。

　　这天正是端村大集，各村赶集的小船很多。

　　小红和她母亲，也要带着编好的席、织好的网，到集上去换粮食，我也愿意跟着到集上看看。自家的小船就系在门口，迈过矮矮的篱笆，小红抱过席捆来，放在船上，娘儿俩摇船走了。到了端村,各处来的小船全泊在村当中那个小港里,小红卖网,娘去卖席,我到各处去转转,约好早些回来。

端村是水淀有名的热闹地方,三面叫水围着。顺水可以下天津,上水通着几条河路;北面一条大堤,通到旱地上的大村镇。

赶集的人很多,那些老乡们都是惊惊惶惶的,鬼子汉奸浪荡女人,在街上横行乱撞。过了木桥,便是网市,有两排妇女对坐着在那里结网卖网。她们把织好的丝网,张挂在墙上,叫太阳一照,耀眼光亮,把回子网兜放在怀里,抖落着叫过往的人看。小红坐在里面,她对那些过往的渔夫们说:

"你们谁买了这一合? 我保管你们发大利市,净逮大鱼!"

一个青年渔夫翻翻看看,就又放下了,苦笑着说:

"网是好网,借你的吉幸,也能捞大鱼。可是有什么用啊,鱼比屎还贱,粮食比金子还难,白费那个力气去干什么! 想些别的办法活命吧!"

另一个青年人说:

"这是打鱼的家伙,我倒想买件逮那些王八的家伙,叫他们把我们的水淀搅浑了!"

两个人狠狠地说着走了。

随后过来两个老年渔夫,小红又说:

"你们谁买了这一合网,保管你净逮大鱼!"

一个老人看了看说:

"喂! 真是一副好网。"

另一个老人说:

"天好,现在也不买那个。能安安生生打鱼吗?"

小红眯着眼问:

"明年哩？"

"明年就能安生？"老人笑了。

"你以为他们要在这里待一辈子吗，你这大伯，真是悲观失望！"小红说着笑了，"这里是我们的家，不是他们的家，这里不是他们的祖业。这里是，这里是，"小红低声说，"是他们王八狗日的坟茔地！不出今年！我看你还是买了这副网吧，好日子总归不远！"

两个老人全笑了说：

"好，听你的，孩子。要多少钱呀？"

小红说：

"你看着吧！我们是有些紧用项，要不还留着自己使用哩！"

老人说：

"我知道，现在粮食困难，我给你量半斗米的票！"

我看着小红卖了网，就到席市去。

走过一处洼地，上了堤头。堤上净是卖席篓子的，那些老大娘们守着一堆大大小小的篓子，见人过来，就拦住说：

"要篓子吧！你买了吧！"

"你买了吧，我去量点粮食！"

没有一个人答声。

再过去，是一片场院，这是席市。席一捆一捆地并排放着，卖席的妇女们，站在自己席子头起。她们都眼巴巴望着南边大梢门那里，不断地有人问：出来了没有？还有的挤到门口去张望。那是敌人收席的地方，她们等候着那收席的汉奸出来。

很久不见有人出来已牌时以后，人们等得极不耐烦了，那个收席的大官员,本街有名的地主豪绅冯殿甲家的大少,外号"大吉甲",才前呼后拥地出来。他一手拿着一个丈量席子的活尺,一手提着黑色印桶。一见他露头,卖席的人们就活动起来,有的抱了自己的席,跑到前边去,原来站在前边的就和他争吵起来,说:"这是占坟地呀,你抢得这么紧?"那人又只好退回来。有人尽量把自己的席子往前挪一挪。

收席的,开始看梢门口边头一份席,那是小红娘的,不知道她怎么能占得那样靠前。她像很疲累了,弯着腰一张一张掀开席,叫收席的人过眼看成色,量尺丈。收席的像员大将,站在席边,把尺丈一抛,抓起印板就说:

"五百!"

小红的娘吃了一惊,抬起头来说:

"先生,这样的席五百一领呀?"

收席的说:

"这是头等价钱!"

"啊呀! 这还是头等价钱!"小红的娘叹口气说,"先生,你说小米子多少钱一斗啊?"

"我买的是你的席,我管你小米子多少钱一斗?"收席的愣着眼说,"不卖? 好,看第二份!"

他从她的席上踏过,就来看第二家的席。小红的娘呆呆地坐在自己的席上。

第二家卖席的是个年轻人,五百一领,他哭丧着脸答应了,收席的就啪啪地在席上打上印记,过去了。年轻人一边卷着自己的席,一边回头对小红的娘说:

"谁愿意卖呀? 不卖你就得饿死,家里两集没有粮食下锅了,你不卖就是死路一条。除了他这里,你没有地方去买苇,他又不让别的客人来收席! 大嫂,我看你停会儿还是卖了吧!"年轻人弯腰背起他那一捆席,到梢门口里去换票去了。

小红的娘低着头说:

"我不卖!"

一开了盘,那些围上来探听的人们,都垂头丧气地回到自己席子那里去了,一路哀声叹气:"五百,头份五百!"干脆就躺倒在自己的席上。

背进席去的人,手里捏着一沓票出来换苇或是换米去了。太阳已经过午。小红的娘抬头看见了我,她许是想起家里等着她弄粮食回去,就用力站起来,一步一步挪到收席的汉奸那里说:

"你收了我那一份席吧!"

"你是哪一份?"汉奸白着眼说。

"就是那头一份。"

"你不是说不卖吗? 怎么样,过了晌午,肚子里说话了吧,生成的贱骨头!"

小红的娘卖了席,背进去换了一沓票出来。

我到梢门口那里一望,看见院里和河码头上,敌人收的苇席,垛得像一座座的山。我心里想:这一捆捆的、一张张的席都是这一带的男女老幼,不分昼夜,忍饥挨冻,一尺一寸织成了的。敌人收买席子的办法是多么霸道! 自己从小也赶过不少集,从没见过买卖是这样做的! 这些卖席的人,竟像是求告乞讨,买席的一定要等到他们肚里饿得不能支持的时候,才肯成交。他妈的,这还不如明抢明夺! 他们设下一层层的圈套拴得老百姓多么紧!

我正要骂出声来,听见收席的汉奸,正调笑一个年轻的妇女:

"你们看人家这个,多白多细!"

那妇女一张一张掀给他看,他又说:

"慢点哪,别扎破你那——小手指头呀!"

我恨不得过去,把那汉奸枪毙了!忍着气同小红娘儿俩上船回来。

晚上,就召集人们开会。

支部书记说:

"同志,你知道,我们这里村子不大,却是个出鱼米的富庶地方。自从敌人在端村、关城、同口一带安上据点炮楼,扒大堤破坏了稻田,人们就没有粮食吃。我们这里出产好苇,有名的大白皮、大头栽,远近驰名,就是织席编篓,也吃穿不尽。敌人和傍虎吃食的汉奸们又下令,苇席专收专卖,抢了席子去,压低席的价钱,就把人们逼到绝路上来了。端村大街,过去是多么繁华热闹?现在一天要饿死几口人!再有一年工夫,我们这水淀里就没有人了!"

我说:

"我们要组织武装,寻找活路。我们把村里的枪支修理一下,找几只打水鸭的小船,组织一个水上游击队,先弄敌人的粮食,有了粮食,什么也就好办了。这村里能打枪驶船的有多少人?"

连英说:

"驶船的,人人都会。打枪的,要在船上,除非是那些打水鸭的来得准当。"

我说:

"先不要人多,最好是同志们。"

"那也有二十几个。"支部书记说。

游击小队组织起来,一共有十只小船,二十个人。我们就在村南一带去年没有收割的大苇塘里驻扎,每天拂晓和黄昏演习。

就有一天,小红在淀里顺着标志收鱼篓,看见敌人一只对艚大船过来,她绕着弯飞快地来告诉我们。我们在大苇塘附近,第一次袭击了敌人,夺回一大船粮食,分散给采蒲台的人们吃。

直到现在,白洋淀还流行着这首描写了真实战斗情况的歌:

> 运粮船来到,
> 弟兄好喜欢;
> 王队长的盒子往上翻,
> 打得小猴水里钻;
> 队长下命令,
> 弟兄往前冲,
> 不怕流血,
> 不怕牺牲。
> 冲到了大船上,
> 白脖要还枪,
> 三小队的手榴弹扔在了大船舱,
> 打得他们见了阎王。
> 死的见阎王,

活的缴了枪，
盒子大枪敛了一大舱；
嘿！
一大船粮食送进大苇塘！

一九四九年

钟

一

林村村西有个南海大土庙。庙很久远了，许多关于庙的事，在冀中平原，除去想到那些砖瓦可以利用，庙里的田产可以分种，全都忘记了。眼前的新事情很多，新话柄很多，谁肯再去谈过去的事？这个庙，人们一时却忘不下。早年间，这个庙的特点，第一是因为它里面住的不是和尚，而是尼姑。周围几十里，尼姑庵只有这一个。庵里的尼姑又多长得俊，春秋两季过后，她们到各村里敛化，人们对这个庙更熟悉了。

人们能记得起的庙里的尼姑，也只有两三代，一般年轻人，就只记得慧秀了。至于十岁以下的孩子们，在我们冀中区，就不知道什么叫尼姑。因为尼姑的特点是女人落发，现在还活着的慧秀，却是满脑袋黑油油的头发。

慧秀的师父叫什么，已经很少有人提起。这是个很泼辣狠毒的人。她活着的时候，孩子们不能到庙里去玩，偷偷进去了，她去拿拐杖把你赶出去，还骂到街上来。人们不明白，为什么她在大士面前那么修福行善，嘴里却有这么一大堆尖酸刻薄的语言。就是这些，人们也忘记了。人们所以还提念一下，也不过是因为她的敛化，庙里才有了一个小铁钟。

这钟挂在庙的西墙里面。西墙外面是一个芦苇坑，村里的水都流在这里，苇子长得很好。到了春天，苇锥锥像小牛犊头上钻出来的紫红小犄角，水灵灵地充满生气。到夏天，雨水涨满，是一片摇动的绿色的大栅帐。到冬天，它点缀着平原单调肃杀的气象，黄白的芦花从这里吹起来。

钟紧挨着尼姑们睡觉的房，两间小小的土坯平房。从房子的样子看，从屋里的锅碗盆灶和一切的陈设看，这和平民的住家实在没有丝毫的分别。凡是女人们用的东西，爱好的东西，她们都有也都爱好。

那时候，师父老了，瞎了一只眼睛，抽着一口大烟。慧秀才十八岁。她不久交接了村里一个年轻人。

既是爱上了，就真心爱，慧秀第一次对那年轻人的誓言，是我要为你死。在那些时候，每逢夜深人静，村里的人们看见，在那两间小屋的南间，还点着一盏明亮的灯。好心肠的人们说，那是尼姑念经卷呢。慧秀却在把针线凑在灯头上，给她那相好的缝衣服。她敛化了钱换成漂白的布，给那个年轻人缝小褂。夜很深，灯灭了，人才睡了。

这个年轻人叫大秋。是村里麻绳铺的一个工人，才二十八岁。因为一个穷人既是仗着手艺吃饭，他就学会了各种在农村里有用的手艺，并且样样精通。这个年轻人成了村里顶有用的人，也是顶漂亮的人。人缘好，好交朋友，可是一直娶不上个媳妇。

媳妇都给有地的人娶去了。地多的娶个俊的年轻的；地少的娶个丑的年岁大的。在农村，女人和土地结合，没有一垄园子地，就好像也没有犁耙绳套一样，打光棍没女人。

可是对于慧秀，她需要的只是一个真心的人，一个漂亮的人。她和他好了。并且立时就怀上了身孕。

这一年，是抗战的第一年。滹沱河涨了一次水，水撒了，麦苗满地的时候，出现了一支小小的队伍。这队伍是很小，直到现在人们还说："那时候你们才有几个人呀！"可是这支小队伍在这个时候出现在平原上，就像投了一星什么奇怪的东西在一缸水里，立时一缸水就变了颜色，并且沸腾起来了。

林村成立了人民自卫团的大队部。在集合人的时候，敲庙里的铁钟。不错，那个时候，林村的年轻人还没有对自己力量的自信，就像那只小铁钟长年挂在那里，不自觉自己的声音的号召力量一样。可是钟响了，人来了，八年战争而且胜利了。那个敲钟的人还活着吗？如果在这几年残酷的战斗里他没有死，人们要记住：是他抢起了那个榆木棍，敲的铁钟像海啸一样响啊！

村里的农会成立了，集合的时候敲着铁钟。工会成立了，大秋当选了主任，当他被一村的长工们选举出来，站在那高高的台上宣誓的时候，钟又洪亮地响了。

这是振奋，是鼓励，是铁的誓言。同是这个钟，第二次响的时候，却把大秋的心敲碎了。

二

那个老尼姑，慧秀的师父，想当年也是风流过的。她交结过不少朋友，施主或者叫善人。有些人三天好，两天又不好了；一直取着联系的，却只有麻绳铺的东家林德贵，林村有名的地主和大乡绅。林德贵用自己村里的特殊地位，和手中比别人富足的钱，排挤了竞争者，差不多是霸占了这个女人。

在那些年间，女人，就是一个尼姑，看重的也是势力和财帛。林德贵给她撑腰，就没人敢来招惹她的庙产。尼姑在社会上并没有特殊地位，可是因为她既是林德贵的知己，她竟能调词架讼，成了村里政治舞台上的要人。

可是她渐渐地老了，并且瞎了一只眼睛，她和林德贵的关系，就只剩下了那一小包大烟土的情分了。抗战前，林德贵常到庵里抽大烟，老尼姑陪着；慧秀是一个奴仆，一个丫鬟，一个还没有长成的窑姐儿。

林德贵眼看着炕沿下边这一朵小花渐渐开放，就又想伸手抓一把。可是一个尼姑，就是穷人家最苦的孩子，送到庙里，只不过比扔在野地，稍微好一点。在苦难里长大的孩子，知道忍受自己的苦难，也坚定着自己的心。林德贵在她眼里是仇恨不是爱情。在慧秀，一个十几岁的孩子，她从没有想过把自己拴在那个狭小的桩子上。她心里的天地很宽阔，她的希望很高；既没有母亲的抚爱，她就默默地修理着嫩小的羽毛。她觉得一旦自己的羽毛长成，谁能猜想她会飞到多么高的地方，多么远的地方呢？

按说林德贵的力量可以把这个孩子制服。但是，假如我们来不及为上一代人们庆幸，就为眼下这一代庆幸吧。平原的人民一举起了武器，并且组织起来，天地就改变了那长久灰暗肃杀的颜色。大地上起了风，尼姑庵里的铁钟响了。

人民起义的第二年春天，苇塘的冰解了，苇笋撒开了第一个叶子；慧秀十九岁。

这些日子人们不常见到这个年轻的尼姑了，她不常出门，人们传说她病了。村里的人正在忙着战争动员的事，也不大注意这些，只有一些年轻的姑娘们常常想起她来：

"怎么这些日子看不见慧秀？抗战了，妇女们要解放，她不能解放出来呀？那么一个聪明伶俐的人，当尼姑不像埋在坟里一样，唉！"

可是按照习惯，姑娘们不爱到尼姑庵里去。人们又讨厌她那个坏烂舌头的师父，也就忘记她了。

没有忘记她的人只有两个吧，一个是大秋，一个是林德贵那老东西。

一天晚上，一弯月亮在天边出现了，天空很昏迷，月亮周围浮动着一圈云雾，预告半夜以后就要起风了。这是平原上春天的风，刮起来整天整夜的风，一种遮盖天地，屋子里都要昏暗起来的黄风。

老尼姑拄着拐杖从村里走回来，探手到怀里摸一摸，又喃喃地骂了一句。远处已经有了风声，她紧了紧脖子里那条缎子围巾。

到了庙门口，她推开那沉重的油漆剥落的山门进去了，随手又关上。她看一看南间的窗子，灯光在闪动。

她进到屋里，把怀里的一包东西掏出来，往炕上一丢，狠狠地说：

"去熬熬，吃了！"

慧秀正侧在炕上面对着窗户，看着那个空花露水瓶子做成的煤油灯。灯光很小,却很亮,像一个刚刚解剖出来的小青蛙的心脏,活泼地跳动着。

　　她转过身子来。她的脸有些苍白,衬托的那两只眼睛更黑更大了。眼里有些湿润,微微眨动眨动那薄薄的眼皮,两颗眼泪滴落在她那浅色月白缎子道袍领的棉袄上。她的棉袄虽然特意做得肥了一些,现在的胸部和腹部也还是按压不住地突露出来。她一低头,心里就搅痛。

　　那些幸福的人,那些红媒正娶有钱有主的人,那些新婚不久就怀上了孩子的人,身体的膨胀和突出对于她们是一种多么新鲜,多么幸福的感觉。就是在母亲的身边,她们也会微闭着眼睛,用手抚摸着肚子,心里微笑着,去感觉那里面小小的生命的跳动。她们默默祝告着这个小小的生命快快地平安地出世吧!那是她的一场天才的创造,光荣和名誉的源泉。她们比任何人都着急着看一看自己身上分裂下来的这一块骨肉的可亲的面貌。他是个什么长相呢?他的眼睛还是像爹还是像娘呢?一个年轻美貌的小媳妇,怀里再抱一个肥胖的大娃娃,该是多么冠冕呀!

　　可是对于眼前这个女人,这个时时刻刻要在人面前掩饰着自己的肚子的女人,这个带着黑色比丘帽的,还不到二十岁的女人,却为这肚里的小小生命折磨得快死了。她自怀上了这个东西,整天整夜地焦心慌乱。她忘记了一切,她曾经想到过,把他打下来吧!她想,既然为幸福冒了险,为不幸也可以冒险,她什么痛苦不能忍受呢?她可以用一只很长的铁针把这块东西扎下来!

　　她几次想这样做,几次拿起那只纺线的铁锭子,放下了,她没有这么忍心。她觉得自己虽说命苦，孩子有什么罪呢？害死这不能说甚至不会想的孩子，她不应该。有什么罪，我一个人担当起来吧，就是死，我也要叫肚里的孩子生下来见见天日，看看受难的母亲吧。她甚至没有埋怨过留下这个冤孽种子的人，她觉得都是命苦的人，不这样作孽，不这样犯罪，不这样胡作非为，不也是活不了吗？

七个月，八个月，孩子越在肚里生长，越成了形状，在睡里梦里，她觉得这个孩子有了五脏，有了眉眼，有了四肢胳膊腿，她就越不忍心这样做了。

这以前，她是用腰带把肚子抽紧，后来又用宽长的布把肚子扎起的。后来她不愿这样残害这孩子了，她坦然地把肚子呈现在太阳的光里。

师父痛骂了她一顿。根据她自己的经验，到村里药铺先生那里取来一服药，逼着她吃。

慧秀用那大眼睛呆呆望着师父说：

"我不吃！"

那声音很低，但是很坚定地传到师父的耳朵里。这声音像是要全世界都听到，不是羞臊，是决心。

"你不吃，就得给我死！"

满脸横肉的师父，举起拐杖，就敲在那肚子上去。

慧秀一手护着肚子，转过身去，趴在炕上哭了。

师父还压低声音骂：

"你不吃药，我就用乱棒给你砸下来。你知道吗？这是佛门清静的地方，能叫你在这里仰着生孩子？你说是哪个杂种给留下的这个坏种子？"

慧秀啼哭着，却刚强地说："你管不着。"

"我管定了。你有了这个浪孩子，你腆着这个大肚子，你在屋里修行着，你不去敛化。我们吃什么？花什么？叫我去叼食来喂你这蠢东西吗？说，是谁这么坏？"

慧秀流着眼泪，没说话。一时，她连哭都不想哭了。有了死的决心，就什么也可以不表示。她沉默起来。她听见外面起了风，佛殿上的铁马，叮当乱响。

师父一把抓起那个小包来说：

"好，我从小养大你，你是祖奶奶。我给你熬去，你不吃我灌死你。"

师父到灶间去了。

她有些难过，为什么他竟不来一趟看看她！她没有希望世界上有任何人心疼她，惦记她，可是如果他也把她忘记，负了心，她还有什么活头呢？快来救救我吧！她用两只手紧按着肚子。

这一晚大秋没来，林德贵却来了。他摸到师父屋里去，师父一见就骂：

"阿弥陀佛，你这兔崽子，这些日子哪里去来？"

"别骂！我给你带来了一包烟灰，叫你过过瘾。"

林德贵那连笑带说的声音，就像一个夜猫子，他问：

"慧秀哩？"

"快别提她，人家有了，快添了！"

"有了什么？"

"你别装蒜，是你这老东西施的坏不？"

"别冤枉人。"

林德贵只冷冷地说了一句，就没有下文了。

三

林德贵是憋着满肚子气，到这里散心的。从村里成立了工会，接二连三的事情，使他看着不顺眼，更不随心。他看出在这个村里，他要下台，而那些穷光蛋们要站上去。一个人感觉到别人动摇他的根基，他的统治的时候，他最怀恨也最恐怖。他曾经想到抵抗，想用过去村里的声威，压服他们，可是看来这些穷小子们并不怕。他也曾想到用自己走动官场的能耐，到区里县里去，可是那些县长区长也只是以这些穷光蛋们的一面之辞为准，不给他丝毫的面子和主张。他也想过逃到南边去吧！可是他舍不下自己那三顷五十亩祖业地。

而且他手下的人，像大秋也反对起他来。渐渐没有过去对他的尊敬，他领导组织工会，还要求增加工资，半实物制，还要年节送礼，一年三个节气送三个盒子。在林德贵看来，送闺女送女婿也不过如此。而且这些人吃了你的东西并不说你好，挑碴拣刺，你有一点毛病，他还向上级反映，给你难看。

现在一听慧秀又有了孩子，更给他添了烦恼。原先，他以为一个女孩子，一时不答应，早晚还是他的；他的条件有利的多，林村还没有一个可以和他相比，慢慢磨吧，就是自己磨不上吧，反正也没叫别人沾上，怨那女孩子贞节。现在一听，这场梦也空了，他抢着抽了两口烟，着急地问：

"到底是谁的呀？"

"算我瞎了眼，一点风声也没听到，前日个才看见她的肚子那么大了。"

"快添了吗?"

"我看快了。"

老尼姑抽了两口烟,有点心平气和的样子。那盏快死灭的烟灯,照着这陈腐阴暗的屋子。外面的风声更大了,窗外的铁钟发出咝咝的声响。

"你真是个老混蛋,你平日就没看见过谁和她来往,来往的不相当,过于亲密……"

"你叫我想一想,"老尼姑有点困了,"啊!有那么一回,是谁来?你看我这个记性。看见我一进来,他两个人的神气全不对。啊!想起来了,是你铺子里那个大秋。"

"啊!"林德贵的心里,沉重地跳动了一下。他想,这年头,什么也是他们占先了,这一点便宜也叫他们占了去。他酸酸地说:

"你该去告他,告到县衙门里去。"

"我可不是得去告他!可是,听说他当了什么主任,常在衙门里跑动,这招惹的了吗?"

"别看他们那一套,"林德贵愤愤地说,"日头爷只能从东边出来,不能从西边出来,凤凰窝多早晚也是垒在梧桐树上,老鸹窝多早晚也得垒在那歪杈子的榆树上。叫他们闹吧!叫他们红花一时,兔子的尾巴长不了!"他说着就站起来,奔着南间去。南间的灯快灭了,屋里很暗,慧秀一阵肚痛过去,又一阵肚痛,正趴在炕上低声呻吟。林德贵一进来就说:

"你病了?"

慧秀没答声。林德贵又奸笑着说:

"我问你病了吗?我会治这个病。"

慧秀支了支身子,想坐起来,张了张嘴想骂一声"杂种"。可是她又伏下身子去了。她觉得决定她的命运的时候，就要来了，叫这老王八蛋快离开这里吧！她忍耐下去了。

紧接着又是一阵痛，这一阵痛得这样厉害，慧秀把头死顶在枕头上，叫了声娘。一个生命就要诞生了，在这平原的春天的夜晚，在这阴暗的小房子里，一个女人生产她的第一胎。偷偷地生产，母亲在痛苦里，没有希望，婴儿也没有诞生的喜悦的生产。母亲要流一样多的血，或者要流更多的血，因为代替那丈夫的关切，母亲的安慰，她那肚子上刚刚挨过了致命的一棒。

而在这最不方便的时候，眼前还站着一个把她的痛苦当希罕热闹看的仇人！慧秀强挺起身子，瞪起那充满血丝的眼，狠狠地说了一声：

"你出去！"

本来林德贵也想走了，他想起了一件事，他觉得他得到了一个把柄。他觉得今天这一趟没有白来，他甚至立时觉得他的财产和他的地位，也有了小小的保障。

可是，从慧秀的眼里，林德贵看到了他在这女人的心里的地位。他冷笑了一声走出来。他在外间屋里转了两转，走到院里又转了两转，他的心里突然出现了一个念头。他从台阶上掀起了一个砖，在那钟上连击了三下。

钟发出了嗡嗡的要碎裂一样的吼叫，大地震动起来，风声却被淹没了。

正在生产的女人的心被震碎了，栽倒在地下，血不住地从她的下体流出来，婴儿降生在那冰冷的地上，只微弱地啼哭了两声。

四

在这天夜里,大秋正和他的工人同志们挤在一间牲口棚里听一个上级同志的报告。他们都红着脸,流着汗兴奋地听着。我们工人这样重要吗?我们工人的力量这样大吗?只要我们动员起来,组织起来,就能打败日本帝国主义和村里的封建势力吗?

他们从没经过别人这样看重自己,这样的知心和爱护。这样一来,大秋更自重起来了。他想,自己要一切都积极,一切都勇敢,一切都正确,不要有一点对不起上级。他无比激动地向上级说明了他的志愿。

当散会回来,他听到了那震耳的钟声。从这钟声他想起一个女人,一件事情,和一个日子。他想去看一看,她快要生产了。但是走了几步以后,他又想:这不正确的,不要再做这些混账事;就转到他的下处睡觉去了。

任何女人在生产的时候,受到这样的震惊,也要死去的。可是慧秀在半夜以后,又苏醒过来了。时代还需要她做一个助手,做一个见证,看看将来的事变。她挣扎着爬到炕上去,就又昏迷不醒地睡去了。师父狠狠地骂着,从地上捡起孩子来,不管死活,隔着墙就丢到苇坑里去了。

这以后的几年,是冀中的黄金时代。人民狂热的战争扫荡了人民心里的悲哀的回忆,和大地上那些冤屈的血迹。老尼姑死了,慧秀大病一场,但不久就恢复了健康,分种了几亩田产,算是还了俗。她还是那么安静聪明,一头新生的油黑的头发把她的比以前苍白一些的面孔,衬托得更美丽了。她还住在她那间小屋里，没有去跟大秋，大秋也没娶她。大秋从工会主任当了村长，现在也种着五六亩地。慧秀没有嫁人，有人去说媒，她全笑着拒绝了；她说离开那个坟坑，她就满足了，不想再嫁人。

慧秀参加了村里的抗日工作，每逢遇见大秋，她总是那么不动声色地望一望，眼睛里充满一种在别人看来莫名其妙，在大秋却深深感伤的热情。这是对过去的珍惜，不是引诱，是一种鼓励，不是责备。大秋却常常低头走过去了。他不是薄情，他也打算把慧秀娶过来的，他又觉得这样做影响不好，不正确。在这个事情上，他觉得对不起慧秀，总觉得对她负着一笔债似的。他害怕当面遇着她，却好在背地里问她的生活，到地里去，首先注意慧秀那块地耕种了没有？锄了没有？粮食能打多少？能拉多少柴禾？

至于慧秀，却一向没到他家里去过一次，也没求过他的帮助。她在村里工作很好，人缘很好，人们全愿意给她帮忙。

林德贵的麻绳铺却关了门，他自己不愿意干了；几个工人离开了他，在村里另组织了一个麻绳合作社。林德贵的地也减少了一些，是他很快地给孩子们分了家，自动"分散"了土地，还实行了女子继承，女儿外甥全有份儿。

只有一次，慧秀到大秋的家里去了。那是"五一扫荡"以后，林村的南头安上了岗楼。"五一"在冀中来说，比"七七"的印象还深，老百姓常说的"事变"那一年，就是指的"五一"这一年。经过敌人这一场残酷的大"扫荡"，在平原上安上了点线，冀中的环境大变了。人们在习惯上甚至说冀中变了质，其实想起来，只要人心不变，就是质没变。事实上，人们对冀中"五一"以后的环境，不是害怕而是重视。是"五一"以后这几年，冀中区的人民才真正锻炼了出来,任凭它再来什么事变吧!

从夏天到秋天,林村的人民,是在风里雨里、毒气和枪弹里过的。慧秀整天东奔西跑,当尼姑没给了她别的好处,只留给她一双天然的脚。常常在半夜里,突然被枪声惊醒,爬起来就往野外里跑,在那伸手不见掌的黑夜,在那四面都有枪声的黑夜,她跑到远远的野地里,坐下来,才望着低垂的星星喘口气。有时候也觉得心里一酸,滴两滴眼泪。人家那有丈夫的人们,就是扶一把拉一把,在这个危险时候做作伴吧,抱抱孩子吧,就是受苦受难吧,也觉得甘心啊!

<h2 style="text-align:center">五</h2>

一天夜里,她忽然想起那口钟来。敌人这几天正在征集破铜烂铁,她想把它坚壁起来。她蹬在一条板凳上,试着摘了摘,钟虽不很大,她却摘不动。她想去叫一个人,不知怎么想起大秋来,她走到大秋的家里,说明这个事情,大秋跟她来了。两个人努着力把钟摘下来了,想了想还是坚壁到庙外面那个苇坑里去。他两个抬上,拿了一把铁铲,天很黑,那一片苇子更是黑得怕人。现在苇坑里灌满了水,依着大秋,埋在坑边就算了,慧秀说:

"埋在坑当间水深的地方去。就让它埋着去吧,什么时候敌人走了,什么时候再叫它出世,反正水是泡不坏铁的。"

她先脱下了袜子,卷起了裤子。大秋和她把钟抬到苇子密水又深的地方,埋到污泥里去。

几只藏在苇坑里过夜的水鸟,叫他们惊动起来飞走了。

慧秀忽然觉得一阵心酸,回到屋里,她再也忍不住,伏在炕上哭了。

　　大秋也跟进来了。这个年轻人，头上箍一块白毛巾，穿一身白单衣，披了一件黑棉袍。在脸上，长期不得休息的工作和焦心，显得有些阴沉。

　　见他进来，慧秀赶紧坐起来，把眼泪擦了。

　　"为什么哭?"大秋靠在迎门橱上，望着门帘说。

　　"我看见那口钟，我就难过起来了。你记得我那场病吗?"

　　"记的。"

　　"那个孩子呢?"

　　大秋凄惨地不自然地笑了笑。

　　"这你该忘了吧? 我把他生下来，又把他埋了。我一醒过来，就挣扎着到野地里去找他，他躺在那苇坑里，我用两只手刨开土，把他埋了。我一看见那钟就难过起来。"慧秀说着，还是那么看着大秋，"我净想，一个女人要只是依靠着男人，像我，那就算是白费了心。"

　　"你说我是个忘恩负义的人?"大秋的脸惨白了。

　　"谁说你来呀? 丢人现眼是我的事，你不会为我去得罪人。"

　　"你说什么?"大秋转过脸来盯着慧秀的眼睛。一种光在他眼里跳动着。是受了刺心的侮辱以后，混合着仇恨和毒意的光。这种光燃烧的是那么强烈，慧秀有些害怕起来。她赶紧笑着说:

　　"你看。我知道你没忘了我的冤仇，你记着哩! 我全知道。在这个时候，就是你要报仇，我也不让你去。工作重要，工作比你重要，你又比我重要。我可不能叫你去瞎闹……"

　　大秋强笑着说:

　　"咱不去报仇，人家可记恨哩。敌人在村里一安炮楼，这些王八蛋又活跃起来了。这场雨是给他们下了，人家漂到水皮上来，我们却要钻到泥底下去。"

"你要时刻小心，不要露面。"慧秀小声叮咛着。

"你不用结记，我不会落在他们手里。我不胆小，有人向敌区跑了，我哪里也不去。我要坚持工作，流尽最后一滴血。"

他告辞要走，慧秀送他到院里来。八月的半圆的月亮照得庙顶上的琉璃瓦放光。大秋站住脚小声说：

"闹情况的时候，你净往哪里跑？我总是找不着你。"

慧秀笑着说：

"你不用管我，好好小心着你自己吧！"

大秋出去，她无力地关上了山门。

外面静得怕人，人们逃了一天难，摸回村来，望一望炮楼枪眼里射出的蓝色的灯光，轻轻推开门走进家里，胡乱吃点东西，躺到炕上休息了。只听墙角里的蟋蟀断断续续地叫两声，苇坑里那个老青蛙，像人在梦里突然惊醒一样，叫了一声又停止了。

六

慧秀睡着了没有，自己也不知道。天一扑明的时候，她起来，开开房门，院里还是那么静，夜里下了一些露水，天空还残留着几粒星星。她去开山门，山门一开，门外站着一个汉奸两个鬼子，用刺刀又把她逼进来。村庄和她一时大意就陷在敌人的网里了。敌人在半夜的时候封锁了各家的大门。敌人逼她到屋里去，各处搜查了一下，就逼到街上来了。在路上那个汉奸问：

"你们庙里那个铁钟呢？"

慧秀说：

"我不知道，我不是庙里的人。"

"你不是庙里的人，为什么住在庙里面？"

"我借房子住。"

"你没有家？"

"没有。"

"拿着你这样的模样、人才，"汉奸斜着眼睛笑了笑，"我认识你。我在你们庙里上过布施。"

慧秀没有话说，汉奸又说：

"钟哩？坚壁起来了？"

"我不知道。"

"那钟可灵验哩！听说那年庙里有个小姑子坐月子，那钟自己就响起来了。"汉奸贱声贱气地拉着声音，"是真的吗？"

"我不知道。"

"你不知道，你的头发长得不短了啊，嘿嘿！"

当他们走到大街中间那个广场的时候，已经有一群男女老少站在那里，敌人在周围密密地布着哨，慧秀抽空钻到那些妇女群里去了。

天越发亮起来。慧秀向那青年人群里一看，她的心里发了一阵冷。天爷，怎么他也叫敌人围住了？那里面有大秋。她又偷偷望了他一眼，他却没有注意，他不动声色地在那里站着，嘴闭得很紧。慧秀赶紧低下了头。她身上有些冷，不住地抖颤。

敌人的三个头目，在她们身边走动，里面有一个汉奸。走到中间，站住了，汉奸向俘虏住的老乡们扫了一眼，说了话。

他说"皇军"到了附近的村庄全多少有些支应，为什么林村

不支应？诚心不要脸,看你们跑到哪里去！他大声问道:

"哪个是抗日村长?"

人们的心全抖动了一下,但全没有答声,广场里什么声音也没有,只能听见妇女和孩子们短促的呼吸。天大亮了,但很阴沉。风凭空吹起来,慧秀觉得身上冷的不能忍耐。

敌人和汉奸商议着,叫他们那些青年人坐到场中间去,叫老年人和妇女孩子们在外面围成一个圈子坐下来。然后,汉奸改成了一个笑脸,像做游戏一样绕着人们转。人们心惊肉跳地听着他的脚步声,当他一走到自己背后,就闭着气等着,谁知道他要弄什么花样呢！

他走着,看看这个又看看那个。他笑着,走着,说着:

"谁是抗日村长,我们知道。我们不指出来,叫你们自己指出来。这么看你们的忠心如何? 抗日村长有什么关系? 我们不杀他,不打他,我们还叫他做官哩。你们不说我们也知道。"他说着走着,走到慧秀的背后,突然向里面一指说:

"他就是抗日村长,他叫大秋,是不是?"

慧秀的心立时停止了跳动,她知道她会这么一闭塞就死去了。可是她又立时清醒了。她的头不知道是一种什么力量推着,越想不往大秋那边看,它却越想往那边扭。她明白了,这是计,这是敌人和汉奸的诡计。他们不认识大秋的,她放心了。她安静地低着头。

全场的老百姓全低着头,全都用眼睛看着自己的心。他们暗暗问自己:"你坚定么? 你想出卖大秋吗? 你想当汉奸吗?"这样一问,他们全坦然了。因为他们全在心里生起这样一个根,长起这样一棵树,就是死吧,也光明正大地死。

这是在民族的心灵里交流着，生长和壮大的一种正气，一种节烈感，一种对灵魂的约束力量。这么一种力量，使得哪一个坏蛋也不敢在群众面前，伸手指一指大秋。

这激恼了汉奸，他一抓慧秀的肩，一把就提起来，吓唬着说：

"你说，哪是大秋？"

慧秀身子哆嗦着，却清楚地说："我不知道！"汉奸提着她走到场子里，一脚踏倒在地下。

一个鬼子端着刺刀跑到她的跟前，一阵难当的寒冷，划过全场的人的心。

汉奸说：

"她是庙里的姑子，她和大秋把钟坚壁起来，还说不知道。早有人报告了，她不说，别人指出大秋来，叫她看看！"

慧秀听说，用一只手支起身子来，望了林德贵一眼。林德贵坐在人群前面，刚刚抬了抬头，看见了慧秀射过来的冷冷的子弹一样的眼光，赶紧又把头垂下。

慧秀的脸焦黄，她咬着牙一个字一个字地说：

"我看着，大伙也看着，看着谁敢当汉奸！"

鬼子一刺刀穿到她的胳膊上，她倒下去，血在地上流着。

七

难道这个女人就这样死去？带着林德贵给她的伤害、侮辱，带着汉奸敌人的打骂和刀痕，就这样死去？

她不会死的。当她的血流在地上，这就是一声号令，一道檄文。全场的老百姓都不能忍耐，大秋第一个站起来，从背后掏出了火热的枪。在他后面紧跟着站起来的,是一队青年游击组。

一场混乱的、激烈的战争,敌人狼狈退走了。人们救起了慧秀,抬到大秋的家去。

不久,慧秀伤好了,身体还很弱,但是大秋提出来和她结婚。组织上同意,全村老百姓同意,就在一天夜晚,吹打着举行了婚礼。

那时情况还很紧张,敌人经常到这村来"扫荡",人们还要经常到地里去过夜。结婚以后,慧秀身子软弱,变得很娇惯,她一步也离不开大秋。现在她活像一个孩子了,又贪睡,每逢半夜以后,大秋警觉地醒来,叫她推她,她还是撒迷怔,及至走到道沟里了,走到野地里来了,大秋走在前头,她走在后头,她还是眯着眼小声嚷脚痛、腿痛,大秋就拉着她走。

他们在远远的密密的高粱地里,自己有一个洞。洞是大秋一手建造的,又秘密又宽敞,里面放了水壶干粮,铺着厚厚的草。洞口边还栽上几棵西瓜,是预备一旦水短,摘下一个来就吃。一到洞里,她才醒了,也精神了,她强要大秋睡一下:

"不!你得睡一觉,我给你站岗。"

这样安置着大秋睡了,盖好了,她就坐在洞口侧耳细听着。是那么负责任,风来她背着身子给大秋遮风,雨来,淋湿她的衣服头发,也不叫淋在她丈夫的身上。

抗战胜利以后,林村又实行了清算复仇,土地改革,土地复查和平分,彻底斗倒了汉奸恶霸地主豪绅的林德贵。

慧秀的身子也结实了,和大秋一同做林村里的工作,还是那样活泼和热情。

大庙那地方,改成了农民开会议事演戏跳舞的大广场。广场前面长起一棵枝叶茂盛的小榆树,这棵小树向南伸出一个枝干,它顽强地伸出又固执地微微向上,好像是专为悬挂什么东西的。悬挂什么呢?村里的人把那口小钟挂在上面。这样,不管在平原秋天的夜晚,还是冬天的早晨,春季的风,夏季的雨里,它清脆洪亮的响声,成了全村男女老少的号令,是鼓励和追念,是在祝贺一个女人,她从旧社会火坑里跳出来,坚决顽抗,战胜了村里和村外的仇敌。

一九四六年三月写于蠡县刘村

种谷的人

一九四七年六月间,我当记者,跟随树人同志从某县县城出发,到四区去检查大生产工作。树人同志事变以前在这一带做过很长时期的党的秘密工作。

树人同志骑马,我骑车子在前面。天气热,又是白沙土道,很是难走,到了一个村边,我把车子靠在一棵大柳树下面,歇着凉等他。

树人同志到了,他说:

"到村里休息吧,我带你去看望一个老同志,我们有十几年不见面了。"

我推着车子,他拉着马,慢慢走进街来。走不远,往北拐进一个破旧梢门,靠西边有一个小白门,锁着哩。树人同志说:

"喂,这老头儿哪里去了? 你来把马遛一遛,我去找他!"

我把车子靠好,拉着马在门口慢慢遛着,树人同志跑到街上去了。我看出这梢门里,原是一家大宅院,后来分做几户,房子有的拆了,有的叫敌人烧毁了,有的还完全,却很陈旧。从庭院中那些树木、房屋、门窗的形式看,这该是个大破落户家庭。

过了一会儿,树人同志搀扶着一个老头儿回来了,那老头儿一边笑一边说：

"树人，你不要搀扶我，我自己的家门，道路熟着哩！"

老人的双目失明，耳朵好像也有些聋。他短小胖壮，花白胡子，头上半秃，却留着头发，好像事变以前的一个高级小学的校长。

到了门口，他从怀里摸出钥匙，一下就捅开了锁，让我们进去。

我拉着牲口进院，老人侧着耳朵听了听说：

"有牲口吗？我去找个人来饮饮！"

院里是三间北屋，是拆了楼的座子，门前两棵高大的香椿树，树皮斑白，枝叶稀少，看来在五十年以上了。对面三间南屋，门锁着。西边是一段破墙头，那边像是一个里院，有三间坯南房，院里种着菜。老人趴着墙喊一声：

"秋格！"

那边南屋里，有一个女孩子答应一声，就跑出来，问：

"干什么呀？姥爷！"

"咱们来了客，你牵着牲口到井上饮饮！"

女孩子有十八岁，身体结实，从破墙上嗵的一声跳过来，从我手里接过牲口去。

树人同志贴着老人的耳朵问：

"这是谁呀？"

老人说：

"你不认识她？这是凤儿的大孩子。"

"啊，这么大了！"树人同志高兴地说，"你母亲哩？"

"母亲看姑姑去了，"女孩子笑着说，"母亲常和我们提念大叔,我说叫她明天去,她非今儿个去不行!"

老人又说:

"从她父亲牺牲了,她们就搬到这村来住。家里穷,又是烈属,村里把那房子给了她们。她还有一个兄弟,和一个妹妹哩!"

"快去叫他们来!"树人同志说。

"那不是他们,就在那边屋子里!"女孩子说。

我们往西院里一看,可不是一个六七岁的小女孩子,正扶着门框看我们。树人同志跳过墙去,拉着她的手问长问短,到屋里去了。

大女孩子牵出牲口去,老人从北屋里搬出一条板凳来,放在南房凉里。树人同志回来,才把我介绍了。老人很亲热地握着我的手,叫我在他耳朵旁边,报告自己的姓名。我大声报了名字,他很喜欢,说:

"我记住了你的声音。你什么时候走到这里,你一说话,我就知道老朋友来了。"

我们坐下。女孩子牵着牲口回来,手里还提了一大桶水,说:"在井上它喝得不多,叫它歇一歇再喝吧!"

她把牲口拴在香椿树上。

老人问:

"牲口饮好了?"

女孩子大声说:

"饮好了!"

"好。"老人说,"秋格,听我说:你去弄点面来,我们客来了,擀凉面吃!"

女孩子答应着过墙去了。

这些景象，谈话，对我因为生疏也就觉得平常，在树人同志的心里，好像引起很多波澜。老人也好像在那里思想什么，不断用手摸着那花白胡子。过了一会儿，树人同志抬头告诉我说：

"事变前那些年，我在这一带做秘密工作，这院子就是我那时候的机关，老人是个高小教员，他倾家荡产来帮助革命。我们在这屋里办过列宁小学，专招收那些穷人家的孩子来上夜校，那些孩子们后来就成了这一带革命的根基，现在革命开花结果了，很多人在地方上负重要的责任。那女孩子的母亲叫凤儿，跟着父亲念书，富家子弟来求婚，老人说，那是我们的敌人，都拒绝了，许给了他最喜爱的一个穷学生，我们的同志，叫马信涛。老人说，在将来，穷人才有出息，有作为。老人后来被捕下狱，受酷刑，双目失明，耳朵受伤，差一点死在狱里。听说信涛在事变以后，参加部队，当团政委，'五一'那年，在平汉路一次战斗里牺牲了。……"

树人同志还没说完，老人说：

"树人，最近有什么好消息？"

树人同志报告了些老同志们的消息，又从皮包里拿出中央二月指示，笑着说：

"这里有中央的一个文件，叫他给你念念！"

老人很高兴，他庄严静穆地倾耳听着。我和他并肩坐着，大声朗诵中央的二月指示。那主要是分析爱国自卫战争的形势和指示进一步实行土地改革的。足足念了有吃一顿饭的工夫。

我念完了这个文件，从心里觉得做了一件最高兴的事。有一股热烈的情感鼓荡着我，竟一时想起以后有多少工作要我去做，要去拼命完成！

老人听完了,沉默着。树人同志笑着对我说:

"他在思考、研究问题哩!"

过了一会儿,老人问:

"在这半年里面,我们一共消灭蒋介石多少军队?"

我告诉他消灭了五十九个旅。

老人又问:

"尽是哪几次大的战役?哪一次战役消灭多少?我们部署的约略情形又是怎样?"

我一时说不详细,就敷衍潦草了几句。

老人有些不满,他说:

"你应该记得清楚,数目材料确实详细,才能分析研究。这样含糊其辞,使我这没眼的人难以捉摸呀!毛主席还在陕北吗?他的身体怎样?"

我说:"还在陕北,他的身体很好。"

"好。这就是天大的胜利和好消息。"老人说,"我们的电台为什么不常报告些毛主席的消息,他们不明白有多少人关心毛主席的身体,比关心一个省城,甚至一个京城还重要!"

树人同志叫我去帮那女孩子做饭,我跳过破墙,到那边南屋里去。那是两间房子,屋里放着些织布纺线的家具,整齐干净。

屋里并没有叫秋格的那姑娘,一个小姑娘正坐在地上学纺线,另有一个十五六岁的男孩,坐在里间炕上,趴着窗台,拿铅笔描画什么,听见我进去,回过头来笑了一笑。这孩子浓眉大眼,非常神气,他说:

"你同树人叔在一块工作?"

我说:

"嗯。你叫什么？"

"我叫承志。"那孩子说，接着腼腆地一笑。

"你再和树人叔说说，叫他带出我去工作。"

我说：

"你没有上学？"

他说：

"我想去当炮兵。"

我才看见，他描画的是一本新近战场上使用的各种炮的图样。我正要问他为什么要当炮兵，看见秋格推完了碾子，满头大汗端着半簸箕面回来了。一进门就问：

"还没点火？"

小姑娘手忙脚乱，赶紧放下纺车往锅里添水，打火烧柴。秋格用手背擦着额角上的汗，笑着说：

"同志，你看我们这日子，一个这么小不顶事，一个大些了，什么也不愿意干，整天画那个！"

"我觉得我这工作，比你们干的活重要，"男孩子不服气地望着我说，"你叫这位同志说说，穷人怎样才叫彻底翻身？穷人的饭，怎样才能吃得长远？"

"那得生产！"女孩子沾手和着面说。

"你叫我说，光推碾子捣磨不行，还是先打败老蒋要紧！"男孩子说。

"你想当兵，想成了疯魔！"女孩子说，"你可别吃饭呀，人家做熟了，你比谁也吃得多！"

我问村里给了他们多少地，怎样种法，女孩子说：

"我们分了十四亩地，我种。"

"耕耩锄耪你全会吗?"

"喂! 同志,"男孩子笑着说,"你别认识不清了,人家年上当选了劳动英雄哩!"

"用着你了!"女孩子瞪了兄弟一眼,接着说,"学哩! 今年我种了三亩棉花,二亩花生,再过来,吃花生吧!"

做熟了饭,我们就在这屋里吃。老人安排我们坐好,一个劲叫秋格给我们添饭菜,秋格笑着喊:

"他们都满着碗哩!"

起了晌。我们告辞要走,说过些日子回来看他们。老人同三个孩子一直送我们到村外,树人同志拍着老人的肩头说:

"好好保重,我们完全胜利的日子不远了!"

老人安稳沉静地说:

"那是自然。不然我们苦干了那些年,又苦干了这些年,为的是什么呀!"

我们走出很远,孩子才扶了老人回去。天气还是很热,在那样毒热的太阳下面,树人同志信马由缰,慢慢走着,很明显,他在回想过去那些经历。他对我说:"老人还有个二女儿叫翔的,一九三三年在北平被捕牺牲了。她同我感情很好,老人原主张我们结婚的。今天,我没敢提起她来,老人也不提她。"

这一年秋后,我随军攻打津浦线。

这是冀中平原的东北部,地势很洼很平,村落很稀。我们的军队从南北并列的一带村庄,分成无数路向车站进发。天气很清朗,车站的水塔看得很清楚,田野里的庄稼全收割了,只有棒子秸绿豆蔓一铺一团地放在地里。

部队拉开距离,走得很慢。我往两边一看,立时觉得,在碧蓝的天空下面,在阳光照射的、布满谷茬秋草的大地上,四面八方全是我们的队伍在行进。只有在天地相接连的那里,才是萧萧的风云,低垂的烟雾。这时还有人在秋草地上牧羊,羊群是那样的洁白和安静,人们丝毫没有惊扰。

那里是云梯,一架又一架;那里是电线,一捆又一捆;那里是重炮、重机枪。背负这些东西的,都是年轻野战的英雄们,从他们那磨破的裤子,拖带着泥块的鞋子,知道他们连续作战好些日月了。

突然有一只野兔奔跑过来,有几个幼小的炮兵连声呼喊起来,我看见其中一个,恰恰就是在老人家遇见的那个男孩子承志!

到了冲锋的地点,那个紧邻车站的小村庄。古运粮河从村中间蜿蜒流过,这条河两岸是红色的胶泥,削平直立,河水很浑很深,流得很慢。两岸都是园子,白菜畦葡萄架接连不断。一条乌黑的电线已经爬在白菜上,挂到前面去了。

战士们全紧张起来,我听到了战场上进攻的信号,清脆有力的枪声,冲锋开始了。我听见命令:"过河!"就看见那个小小的炮手——马承志,首先跳进水里,登上了对岸。

这孩子跃身一跳的姿势,永远印在我的心里,这是标志我们革命进展的无数画幅里的一幅。在这以前,有他那年老失明的外祖父,在平汉线作战牺牲的马信涛,勤谨生产的姐姐马秋格;从它后面展开的就是我们现在铺天盖地的大进军,和那时时刻刻在冲过天空、吱吱作响、轰然爆炸的、我们的攻占性的炮声。

一九四八年七月二十七日

杀 楼

一

　　五柳庄炮楼，修在一个宽广的高岗上面。这原是老年时候的一家宅院，后来不知道怎么拆毁了，就成了一个荒岗。敌人来了，看着这个地方地势高，可以控制村庄，看护汽车路，又可以免得滹沱河涨水时候冲刷，就决定在这里修炮楼。炮楼的样子，远远望去像一个圆塔，走近一看，它的墙壁却是突出缩进，错成棱角。炮楼高有五丈，圆周直径约有两丈五尺，全是卧板砖灌石灰垒起，分成三层。从下面铁板小门进去，有一个矮矮的扶梯。中间一层，就是小队长的卧室，日本兵的床铺。周围有四个方向的枪眼兼做窗户，机枪就支在上面；步枪挂在墙壁上，掷弹筒扔在脚头起。顶上层是瞭望哨，上有铅铁顶棚，周围有垛口。

　　紧靠炮楼外面，盖起几间平房，当中一间现在住着翻译官和他的太太，一间是伪军的营房，一间是厨房仓库。

　　在这平房外面才是沟墙、障碍、荆棘、铁丝。进入里面要经过一个吊桥。

秋收完毕，转眼就到了中秋节。虽说兵荒马乱，人们不能像平常那么心里干干净净地过节，可是因为近来围困炮楼，鬼子既不敢轻易下来，再加上庄稼也收割得差不多了，想一想这一年过得真不容易，格外愿意热热闹闹。差不多的人家全买了猪肉月饼，穷些的也置些鸭梨葡萄过节。炮楼上的鬼子伪军看得眼红，馋得流涎，不敢下来抢，城里又没接济，实在苦恼。就三番两次托人捎信给"维持村长"柳老新，说无论如何，八月十五这天，给送点东西上来。

十四这天夜里，有一队穿便衣的队伍开到五柳村庄里来了。轻轻叫开一家的大门，进去住了。

十五这天，吃了早饭，柳老新置备了二十斤梨、五只杀好的鸡、十斤月饼、十五斤葡萄，装好四个大篮子、两个小篮子，派了四个年轻人提着大篮子，他和十三岁的小星提了小篮子到炮楼上去送节礼。

街上有的人就念说：

"鬼子不敢下来就算了，又去招引他干什么？"

提大篮子的四个人，有两个像贫苦庄稼汉，粗手大脚，破衣烂裳，还带着满脑袋高粱花子；有两个像是财主家，手脚干净，穿着长袍大褂。街上的人说：

"前面那两个是咱村的，后面这两个怎么不认得呀？"

"敢是柳老新雇的短工吧！"

"瞎说，送礼还用雇短工？"接着就小声说，"听说昨天夜里来了队伍。"

"有多少？"

"一连。"

"我看有一团。"

一个老头子走过来说：

"唉，你们少说些闲话吧！"

柳老新和小星先走了一步，到炮楼跟前，打了个照面。炮楼上的鬼子伪军一见柳老新带着人来送礼，心里早就高兴得了不得。鬼子的脾气，见你顺服了他，又拿架子了，小队长金田在炮楼上嚷道：

"什么的干活？"

柳老新说：

"给皇军送过节礼的干活。"

鬼子把吊桥放下来，让柳老新和小星先过去，鬼子獭尾上来，气势汹汹地把他两个浑身上下搜了一遍，又把篮子翻上翻下地搜查一遍，看看没有暗藏武器，才抓了一把葡萄，一边往嘴里塞，一边说：

"为什么好久不来送东西？"

柳老新说：

"不是我不来送，是八路军活动得要紧，送也送不到啊！"

獭尾说：

"怎么今天送来了？"

柳老新说：

"别说了，今天是看了一个空子，八路走远了，才敢送来。快收下吧！"

金田在上面招呼柳老新快上去。柳老新回头一看，那四个人跟上来了，就指挥着说：

"这两篮子是给警备队先生们吃的。"说着把他和小星手里的两个小篮子，放在地下。平房里的伪军赶紧出来，拿回去吃，獭尾也跟进平房里去。柳老新这才带着四个人上楼。在楼顶上站岗的木田，看见小星送东西来了，一个劲招呼小星上去。小星在篮子里抓了一些葡萄和月饼捧着，一边说："木田，我给你送果子来了！"上楼顶去了。

柳老新领着四个青年人到了炮楼上，对金田说：

"小队长，你看看吧，今天送来的东西，都是好成色。你先看看这几只鸡肥不肥？"

那个提鸡篮子的青年赶紧把鸡提到金田面前，拿出一只来叫金田过目。金田一看，果然好肥鸡，杀洗得又干净，忍不住脸上的笑容。金田以外，楼上还有四个鬼子。柳老新指挥着，叫"皇军"们看梨子好吃不好吃，尝尝月饼，再看看葡萄甜不甜。鬼子们有的守着一个篮子往嘴里塞梨，有的守着一个篮子往嘴里塞月饼，有的守着一个篮子往嘴里填葡萄。提篮子的青年又不断拣好的往他们手里送，嘴里放，一边说道：

"皇军，吃这一个。"

鬼子们狼吞虎咽，嘴角上说话：

"好，好吃，甜，香！"

柳老新大声笑着说：

"今年这个中秋节，你们可过美了！"

一句话没了，只见提鸡的那个青年，不知道从什么地方抽出一把明亮亮、冷森森的宰猪刀来，左手揪住金田的衣领，右手一按一抹，金田的半个脖子已经下来。那青年一面轻轻把金田放倒，回头一看，只见他的三个伙伴也已经把四个鬼子杀倒在地，简直没出一点声音。大家赶紧把楼上的枪支武器收好，就见小星手里拿着一支三八枪从楼顶跑下来，木田嚼着月饼在后面紧追；进屋一看，并排放着四个鬼子的死尸，吓得回头就跑，一个青年上去把他一抓，杀猪刀在他脸上一晃，说：

"乖乖的，不要动！"

木田也实在动不了了，就立在那里。两个青年和小星在炮楼看守，两个青年搬着一挺轻机枪轻轻走下楼来，对准伪军的平房。这时候柳老新已经上到楼顶放哨的地方，呐喊一声，说道：

"伪军弟兄们，八路军已经把金田和上面的鬼子全杀了，你们快快反正，把獭尾提住，我保你们安全。谁反抗谁就倒霉！"

伪军们正在房里抢东西，抢得天昏地暗，一听这话，往外就跑，格、格、格、格、格，一阵机枪扫射，把他们打回去。一齐嚷："我们反正，我们反正！"

忽然獭尾端着枪从平房里蹿出来，没命地往外跑，机枪一扫没扫住，他跑过吊桥，奔着城里跑去了。

柳老新在楼顶上对伪军喊道：

"你们怎么让鬼子跑了？那你们就出来站队吧！"

这些警备队一个一个走到院子里，站好队伍，一报数，正好十个人。

这时就听见炮楼南面的野地里响了一枪。柳老新望着那里拍手大笑说：

"我估计你这兔崽子就跑不脱！"

二

原来埋伏在村里的正规军，全开出来截击城里出来的敌人。

队伍在街上这么一走,站在街上的人们才看出,领队的就是本村那个在十七团当连长,父亲叫鬼子杀死的柳英华。再往队伍里看看,很多是他们的子弟。众人一哄就围了上去,这个说:

"这不是俺家二小吗?"

那个说:

"那不是咱家三坏吗?"

"你们来到家里了,怎么不露面?"

"二小,咱家闲院里又盖起一座房!"

"三坏,你大姐出嫁了!"

"嘿呀,你可长得高多了,这衣裳是发的吗?"

"嘿呀!我那孩子!你打过几回仗?"

这些青年子弟,原是抗战开始就参加八路军的,已经几年不回家来了,现在爹娘、叔伯、妻子、姐妹一见,问长问短,拉住说话。柳英华笑着说:

"叔叔大伯、婶子大娘们,我们这是去打仗,回来再说吧。"

一个中年妇女笑着说:

"英华,别看你当了连长做了官了,就拿打仗来吓唬我们!你知道,我们也是见过大阵势的了。"

新月带领那十几个游击组也开出来,全是一色小打扮,乍一看这一队游击组的年纪、精神、服装、步法,简直和前面这一队子弟兵不相上下,只是武器差些。那些看热闹的人们就说了:

"新月,别看你箍的手巾那么漂亮,你们的武器可比不上人家呀,你看人家那机枪、掷弹筒!"

新月笑着说:

"他们也不是外人哪,咱还怕他们笑话?"

又有人说：

"根生，这回拿下炮楼，把你那支哑巴枪换换吧！"

根生红一红脸说：

"别闹玩笑，咱这枪一见鬼子就会说话了！"

人们正说笑着，只见工会主任青元赶着一辆单套大黑骡子车，从他东家的大梢门里跑出来。那骡子，就像惊了一样，在街上飞跑过来。青元右手掌鞭，左手提着盒子枪，紧跟几步，一欠身就坐在车辕条上去！人们说：

"青元，你这是干什么去？"

青元说：

"去把炮楼上的东西拉回来。"

队伍已经走出村去，人们就跟在后面，都说：

"走，去看咱们的子弟兵打鬼子去。"

队伍从道沟里向炮楼包围过去，村里的人就立在堤坡上观看。鬼子獭尾蹿出来，观阵的正在着急，埋伏在公路两旁的子弟兵，一枪把他打死，人们一齐拍手叫起好来。

<h2 style="text-align:center">三</h2>

到了晚上，大圆大亮的月亮升起来，五柳庄的人们和他们的子弟兵，就在那祠堂门前广场上开了一个庆祝会。在五年前，柳英华率领了全村二十个青年伙伴，参加了我们的队伍，冀中有名的十七团。这些青年成分好，进步快，几年部队生活，改变了他们幼小时的样子，站在爹娘面前，爹娘只有目不转睛地微笑着望着他们。祠堂门前这片广场，抢秋的时候，碾成了一个大场，四

边堆着一大堆的秫秸、豆秸、棒子,子弟兵就靠在上面休息了。在三个月以前,炮楼上的鬼子屠杀了五柳庄的人,就在这个广场上刀砍柳英华年老的父亲,枪挑死他七岁的孩子,推进那广场旁边的死水坑里,只剩下孩子的母亲整天在家里哭泣。几个长辈劝英华家去看看,都说:

"英华,家去看看吧。你家里不知道你负着这么大责任,也不好意思来叫你。自从你爹和那孩子叫鬼子杀了,她够难受的了,差不多的还不想疯了吗? 你家去劝解劝解她们也好。"

英华苦笑着说:

"虽说拿了炮楼,明天的情况还不能估计。外面又放着哨,不时要有事情,今天我不家去了,以后再说吧!"

老人们也只好叹气称赞。

夜深了,柳英华把队伍整理好,就命令靠在柴禾堆上休息。家里的人都恋恋不舍,可也不好再去麻烦他们;今天打了一天仗,明天还要打仗呀,叫他们好好睡觉吧! 大家也就散了。在回家的路上,那些母亲说:

"孩子就睡在露天里,不潮湿吗? 我家去盖着被子也睡不着。"

那些父亲就劝她们说:

"算了吧,他们是这样惯了的,你今天给他送条被子来,明天你到哪里去送呀? 孩子就像小鸟,长全了毛出了窝,你就叫他随便到处飞去吧!"

真的,他们的孩子们,背靠着那绵软的柴禾,怀抱着上好子弹的枪支,不久就舒舒服服地睡着了,睡得那么香甜。月亮转到西北角,落到村边大柳树的阴影里去了,银河斜斜地横在他们的头顶,把半夜以后的清凉的露水,慢慢滴下来,落在他们的脸上、衣服上、枪膛上,他们也没有觉得……

英华也靠在一边,但他没有睡,他睁大着眼睛,望着天空,忽然小星跑到他的身边小声说:

"英华哥,你家俺嫂子想和你说句话,就在那池子边上。"

英华走过去,女人说:

"你也不家去看看!"

英华看见自己的女人,又黄又瘦,心里一酸,忍着眼泪说:

"你看我能离开吗?"

女人的泪忍不住,刷刷流下来,呜咽着说:

"爹和小俊就是在这池子里死的呀!"

英华说:

"我知道。"

女人说:

"你知道! 他们死的时候不能见你一面,你可是有说有笑的。"

英华没说话,过了一会儿,女人又说:

"我知道你给他们报了仇。"

英华说:

"我有任务在身上,哪能离开队伍到家里? 全是女人的见识!"

女人说:

"我看你像忘了他们一样。"说罢就痛哭起来。

英华说:

"我心里难过,我把眼泪往肚子里吞,我好好执行上级的命令,去消灭鬼子！我为什么到人们面前去啼哭呢？"

正说着,侦察员回来报告情况,英华对女人说：

"家去吧！不要净啼哭,啼哭有什么用？自己的身子要紧。我不能多照顾你们,我已经托付了老新叔和新月,有什么困难就和他们说。"

女人赶紧抹着眼泪转身走了。

一九四五年四月于延安

走出以后

南郝村虽然说不上什么山光湖色,有出奇的风景可看,却是大平原田园本色。围村一条堤,堤外接连不断已经收割起庄稼的田亩,杨柳树也很多。村西有一条大河绕过,隔河望去,又是一围村庄,一片田亩苇坑麻地。倘在夏秋两季,也一定有些风光景致。

正是冬天,快要过旧历年了,我在这村子住下。房东老伴两个,待我很好。那男的,属于乡村的要看女人眼色行事的那一种,但对熟人也能谈论一番。女的干净利落,能说会道,顶多半个男人,据说事变前有些"潦倒气",可也没有大不好,只是成成女人赌局,取乐抽头,现在连这个也免了。

房东只有个女儿,今年十八岁。从小娇惯,抗战以来,更当男孩子看待,说一不二。我们不久就熟起来。这姑娘,在多么生人面前也没红过脸,忸怩过。听说我又是一个乡亲同志,就更随便一些。

我的习惯,不喜欢女人那一种张狂,她却以张狂为能事,也是她的习惯。说话哼哼唧唧,不撇嘴就跺脚。我最不爱看她那走路的样子,特别在大街之上,两只手垂直,手心向后,稍稍外张,两个脚尖向里靠,两只眼睛看着脚尖前行,两手就急急摆动。远远望去,使人想到鸭子凫水,我一见,就笑。既然在空气里走动,为什么把两只手当作蹼来运动呢?难道以为人会在空气里沉底,害怕淹死吗?

她却交游很广,认识许多女孩子,不但本村,外村也有许多姐妹。同时,她的好处也很多。为人慷慨,大有母亲作风,对抗日工作热心,敢出头,所以也着实令人赞佩。

不久,她一定要去升学。我写了一封信,介绍她到抗属中学附设的卫生训练班去试试,却录取了。回来,和她母亲说了没三句话,搬起脚来叫我看看鞋底,说是磨破了;就跑到街上去,找她的伙伴们去了,气得她母亲埋怨半天。到夜晚回来,带来一个同她年岁差不多,比起她那细长个子,算个中等身材,比起她那尖长脸,算是圆脸,细眉大眼的女孩子来。说是她一个干妹妹,也要去升学,叫我写介绍信。

当时我不明底细,只随便谈了谈,房东姑娘却在一边笑。那个新来的叫王振中,自己说十七岁,家里愿意叫她出去。这个女孩子说话声音低,但听来很清楚响亮,老是微笑着,还有些害羞。说话和房东姑娘不同,很少流行的新名词,但是道理说得也很明白,叫人相信;只是在说话中间,有时神气一萎,那由勇气和热情激起的脸上的红光便晦暗下来,透出一股阴暗;两个眉尖的外梢,也不断籁籁跳跃,眼睛对人有无限的信赖。她把要说的说完,就要走;我也随便答应,明天再说,可以写个信会考考。

女房东是没事,也要一天找我谈上一个甚至两个钟头的。她的道理是:同志住在家里不分彼此,这样才显得亲近,何况我是一个乡亲,和别人就更不同些,有东西随便拿着吃就是了,她有什么话也就全告诉我，叫我出个主意。这回，王振中走了，她就过来，和我讲说了王振中的家：王振中是这村北头赶大车王六儿的女孩子，也是独生女，家里虽然穷，但也因为这孩子从小就仁义懂事，爹娘也娇养惯了的。前几年王六儿死在保定城了。她是从小许给本村在北平开店发家的黄清晨的儿子了，趁着那年荒乱，她母亲就把女儿送过婆家去，那时女婿不能回来，就叫小叔子代娶了一下，这样算交卸了为娘的责任。

但那婆家并不叫这女孩子应心满意。女孩子很要强，处处怕落在人后面，处处怕叫人说不好，经不起一个背后的指点；一句闲话，可以使她盖起被子哭上半夜。可是公公在村里名声最不好，没人愿意招惹。事变以前，仗着那座店，臭酸臭美不和凡人说话，没缝也要下蛆，霸人霸地全干过。年月变了，这就不时兴，可是架子放不下。先是明着说坏话，村里送了他一次公安局，回来就变了样，见了骑马的挂枪的，区里的县里的，就狗舔屁股突地奉承，背地里却还是冷言冷语，最瞧不起村干部；这样，在村里人缘坏透了，有名的顽固分子。

这孩子的苦处就多了，在家里怕他们，整天整夜听那些没盐没醋的淡话，又不能塞住耳朵；出门见人就害臊，这年月，年轻妇女又不能不见人，在那些会场上总是看着她不像别人那样舒展，可是对抗日工作很要强，小姐妹们也知道她好。她说起话来就要离开这个家。

果然第二天太阳还没出来，王振中就来了。换了一身黑棉袄棉裤，袄很长大可体，裤脚很瘦，头发修剪得更短了，脖里围一条新毛巾，按着冀中区流行的青年妇女打扮起来，夹了一个包裹。我说：

"信可以写，上学是好事，可是你和你婆家说好了没有？"

她红着脸说：

"这是我情甘乐意，谁也管不了我。我和他们讲好了。你看我才从婆家出来，这鞋还是在那里拿的呢。"

我终于写了封简单的信，叫她去试试。临走，我说用不着带包裹，这是去考啊，不一定能录取。但她没答话，便催着房东的女儿走了，从门前堤上跳过去，走得非常快。

第二天后半天我刚回到家里，就有那村的小学教员找来。是一个女教员，原也见过，但没说过话；一进门，她就哭丧着脸，一靠，坐在临隔扇门的炕沿上，吞吞吐吐地说：

"同志，我有个问题和你谈谈。"

"什么问题？"我靠在迎门橱上。

"杏花和王振中全是你介绍她们出去的吗？"

"我写了封介绍信去叫她们投考。"

"这有点不合组织系统吧？"

我说：

"杏花录取以后要去上学的时候，我叫她去和你、妇救会主任商量过，去考的时候，我问过村教委。我不会忘记组织系统。杏花走的时候，你还送她好远，不能说不知道。至于王振中，因为她走得匆忙，也不过是试一试，你不愿意让她去？"因为她是一个女同志，我竟有些气愤。

"我倒没什么，只是学校里，就是她两个大些，有些工作要她们做。还有王振中的婆婆，找我哭过好几次，我没法应付啊。"

"要那样，怎样办呢？"

结果倒是她先转悲为喜说：

"她出去很好,我还能拦着! 只是来问问,请你不要误会。"

我把她送走,女房东又照例过来了。她说女先生也很明白,不过杏花和王振中和她很好,在校里也帮她做做饭做做针线,这一走,不免就像失了膀臂。可是抗日是件大事,谁也不该拦着啊。我听了这些话,想道:"倒是这老太太比这个女教员明白些。"自己就坐在炕上看起书来。不多一会儿,有一个小孩子脸从窗户的小玻璃镜往里一探,等我回过头来,他已经抱着房东那只新下的小黑羊羔跑出去了。

不到一顿饭工夫,就有一个三十多岁的女人来到院里。我从小镜子望出去,她头上罩着一条红色包头,像是新病起来,或是坐了月子。她先放轻脚步到房东屋里去,和女房东嘟哝了一会儿,就故意张扬着到我房子里来,一进门就是:

"主任在屋里吗?"

"我不是主任。"我说,让她坐。女房东也跟过来说:这是振中的婆婆。

那婆婆小心小意地挑拣着话说:

"我是说打听打听振中她们在哪村住,想去看看她。她走我也不拉她,你问问我这个嫂子,我是多么疼她。就不该走时连句话也不讲。"

女房东也就笑着插进来说:

"那天她竟没说,和她娘说到婆家去,到了婆家拿了一双鞋,又说娘身子不舒服,过几天再来长住,这样就走了,我也不知道她这样,杏花也不知道。这孩子捣鬼。"

我说:

"依我看,王振中同志的认识和她那程度,出去上上学好啊,比你们待在家里，一辈子围着锅台、磨台转不好？我们要看远一些，出去对她好，对国家也好。"

那婆婆挂着笑紧接上来：

"这道理我还不明白？你问她大娘，我可是不明白的？我们当家的以前糊涂，我还常劝他呢。对街面上的事，我可没落过后。就是俺当家的，也不过嘴直心快，得罪了人，才出了那桩子事。抗日谁不赞成，八路军谁说不好，像主任……"

"我不是主任！"我再度申明。

"像你们这么斯文，好说话，谁不赞成？上级都好，我们家里也常住上级。只是，我们得罪了村里的人……我们当家的就吃了亏。"

"你们当家的为什么不来呢？"我问。

"他，他身子不舒服，也是想振中想的。他叫我来问问，求……你写封信，他去看看振中。"

我心里突然一紧缩，一冷。她却跟上前来，拿起我那蘸水钢笔：

"怎么你还使这个钢笔？现在就是那些村干部，大字认不到一升，也还使支有打水机的钢笔呢！"

"我使用惯了，也一样能写。"

"还是你们艰苦。"她叹口气，又摸摸我炕上铺的破棉被，"唉呀，你怎么就用这个铺盖，像你们这上过大学堂，走京串卫的人，丝绸被子也盖过不少了吧，这是从村公所借来？"

"唔。"

她转身望望女房东：

"他大娘也不知道照应人！就该把咱家那拆洗过的被褥拿

出来叫同志盖呀！我们家住了上级，我总是把待客用的被褥给他们。你们，还没个枕头，枕什么呀？"

"枕书，枕不惯枕头了。"

女房东显然有些不高兴，就说：

"俺家比不上你家方便呀。可是对待同志，咱也没小气过，谁在俺家住过谁知道我这个人实在，只是不会花言巧语罢了。这同志来我也拿出过新拆洗的被子给他，他不要。"

好像那婆婆并没理会，就又拿起我那钢笔来左看右看，一会儿说：

"这也不丑啊，俺家那老二，非要他爹买支打水机钢笔，我看这也做得很精致。"紧接着就眼望着我恳求："你这里纸笔砚台既然这样方便，就给俺们写个信吧，要不就用——"她慌忙从怀里拿出一个红签信封，一张八行信纸，"俺们这个。"

我拒绝了她！我说我不知道那学校今天转移到哪里去了；再说王振中是去投考，考不上，就会回来。她却抓住了理：

"那俺们振中不是也没了踪影吗？"

"丢不了她，丢了我赔。"

"不过是为老人的瞎操心罢了。"

这样，我在南郝村过了旧年。正月间，冀中各地非常热闹，抗属中学驻的村子里，有五千个中学生参加大检阅，其中有一千七百个是女生。早晨，在会场上，我看见王振中穿了黑色棉军装，外罩一件长大的棉背心，背包、挂包、小碗、防毒口罩，一色齐全，和那些小同学一样站在队里。她的脸更红、更圆，已经洗去了那层愁闷的阴暗；两个眉梢也不再那样神经质地跳动，两片嘴唇却微微张开，露着雪白的牙齿，睁着大眼望着台上讲话的程子华同志的脸，那信赖更深了。

那个村庄，正在滹沱河和沙河之间。村边便是一片沙滩，上面一排高大的白杨树，道旁有一座小小的新建筑，长方形，青色石头的，本县阵亡烈士的纪念碑，上面题着新体诗句。一天早晨我正在杨树林里和一个老乡谈这一带的白菜和红薯的产量，王振中穿了护士的白布罩单和翻卷的白布单帽走过，手里还托了一个药瓶。看见我，大远跑来，敬了礼，问过我怎样到这里来，我的女房东身体好不好，小羊羔长大了没有，才微笑着听我对她的问话：

"听说你婆家从北平把你……叫回来，像有什么打算，来找过你吗？"

"找过。"她又红了脸，但随着就平静流利地谈下去，"他们一家人全来了，男兵女将，就是把北平来的打起埋伏，直找到队长跟前去，要我回去。起先队长还要我回去看看，等我把事情说明白，说回去了就不会再有王振中了，队长才说你自己解决吧。可不是我自己解决，我已经向县政府告了状，和他们离婚；不是离婚，解除婚约。这就一干二净，再说我也还不到结婚年龄……"

临走时，她说今天是看护实习，刚给一个伤员上了药。我问她那是什么药，她用德文告诉我那药的名字。

一九四二年八月

黄 敏 儿

　　黄敏儿原来不是豹子营的人,他的爹娘全到延安去了,临走把他托给一个老朋友,已经有三年了。自从敌人来了,他整天待在家里,实在闷得慌。书没得读了,歌也不许唱,以前玩耍的木刀木枪,他坚壁了;又不能像大人一样,面对着墙壁发闷,盖上被子睡觉,他很想到外面去玩玩,换换空气。他看见灶户前面的柴禾少了,就对老师说:

　　"我到地里去拾些柴禾来烧吧!"

　　"你还是好好地在家里呆呆吧!"老师说。

　　"我到远些的地方去。"

　　"远了,我就更不放心了。"

　　可是,家里实在缺柴烧了,黄敏儿又请求,师母就准许了他。他背上一个柴筐,在腰里束上一条麻绳,到野外去了。

　　过去,他走起路来,像他爹和娘的样子,两条腿左右分开点,迈着大步,好像一个将军刚刚从飞跑很久的马上跳下来走在大街上的样子。他把两手插在衣服两边的口袋里,黑白分明的大眼睛望着前面,长长的头发撒在宽宽的明亮的前额上,薄薄的通红的嘴唇闭得很紧。现在他是按着一个拾柴割草的孩子的样子走路,好像饿了两顿没吃饭了,右手拿着的镰刀,有意无意地打着路上的土块儿。

正是春天,遍地是荒草,地里的人也很少。他走到河边,举眼看见的是土黄的、像支架起来的坟头一样的炮楼。公路在地上横插过去,一条又一条。

他原来是想到野地来唱个歌儿什么的,结果也没唱好。拾了不到半筐柴,就回去了。快进村的时候,后面有一个穿着黑细布长衫,戴着黑色礼帽,黑黄脸的中年人追上来:

"喂! 别走! 我问你一句。"

黄敏儿回头一看说:

"有话到维持会去问吧,我家里等着柴禾做饭哩。"

"我就是问你!"那人上前捏住黄敏儿的手,怒冲冲地。

黄敏儿把手一抬,眼眉竖起来:

"你是干什么的? 这么凶!"

"陈青湖到底在家里没有?"那人低声问。

黄敏儿想了一想说:

"他呀? 没有在家,他爹和他媳妇,倒是很想他,谁也不知道他到哪里去了。你准和他不错吧,也费心给打听着点,他爹和他媳妇一定要知你的情哩!"

"你敢和我说谎?"

"为什么就不敢和你说谎,你知道现在的情形,汉奸有这么多,我知道谁是汉奸哩!"

"他妈的!"那个人甩开黄敏儿的手走了。

"你他妈的!"黄敏儿也骂着就家去了。他对老师学说了一遍,老师说:

"汉奸是吃硬不吃软的。"

话还没说完,枪响了。

敌人把村里的男女老幼全圈到街中央那个大池子边上去,一个军官模样的鬼子讲了一大篇话,翻译官侧着耳朵听着,翻译着,最后几句是:

"老婆子们站出来,皇军中队长大人要看看你们跳秧歌舞!"

乍听到秧歌舞三个字,黄敏儿心里一跳,可是立时就又沉下去了,还有些痛。

翻译官吆喝着,老婆子们不站出来,也不跳。一个鬼子骂着,拉出他身边的一个中年妇人推到水池里去。翻译官说:

"皇军大人要看你们凫水。"

军官模样的又喊了一声。翻译官说:

"皇军大人要青年妇女全体下水!"

鬼子们拖着插刺刀的枪,转到女村民们后面去,用脚踢着。正在这个时候,黄敏儿看见他那天遇见的那个穿黑细布长衫的人也来了。他一闪闪到老师的背后去,可是那个人好像早就看见他了,跑过来,拉出黄敏儿说:

"你先凫一下,给你的婶母大娘姑姑姐姐们试试深浅。"

黄敏儿望望池子的水,把眼皮微微一抬,望到池子那边,他说:

"好,我脱了衣服就来凫。"

他站到人们前面去,立在大池子的边沿,鬼子们也都向他这里看着。他很快地脱去衣服,露出一个红色的圆润的小身体,把衣服卷了卷,回身抛给他的老师,就跳进水里去,一个水花翻上来,人不见了;水花渐渐扩大,水波击打着水岸,什么也寂然无声了。

他的老师心里像插上了一把刺刀，叫了一声，呆呆地望着平静的池水。很久很久，对面的水上却又打起一个水花，黄敏儿从水里钻了出来，抹一把脸，望望这边，他那长头发上淋着水，跳上岸去，拐过一个胡同跑了。

汉奸绕过池子去追他，又招手叫了两个鬼子一同去。全村的男女为黄敏儿担心，鬼子中队长坐在椅子上休息了。几个被推进水里的青年妇女爬上岸来，低头弄着湿透的衣服。很久，他们把黄敏儿带回来，汉奸提了一个明亮的铁铲，在水池旁边挖好一个坑，把黄敏儿推到那里。老师的脸黄得像一张金纸。

全村的人向汉奸恳求，汉奸并不答话。他望望黄敏儿，黄敏儿低着头望着那个坑。他那因为逃跑气喘鼓动着的胸脯，渐渐平静下来，嘴也能够闭紧了。汉奸把铁铲扬起来说：

"进去！"

"你要活埋我？"黄敏儿抬起头来，他的原来黑白分明的眼，现在烧成了一团暗雾。

"这怨你自作自受！"

黄敏儿跳进坑里，全村的人向汉奸哭号着哀告。汉奸掘起一铲泥，连看也不看地抛进坑里。黄敏儿就从坑里一弹，跳出来，他把眉毛一扬，两眼死盯在汉奸手里的铁铲柄上，嘴角露出一种难解的笑容说："你当真要埋我么？"

这句话竟使那个汉奸咧开嘴笑了。村民们趁机会又来哀求他说，无论如何留这孩子一条活命。汉奸把铁铲一丢就转身走了。以后，只有黄敏儿的老师看见从他的学生的眼里，像骤雨一样滴下一串热泪，因为很快，黄敏儿就把它擦干了。

敌人决定把黄敏儿带到据点里。黄敏儿穿上老师送来的衣服,望一望老师,就跟在他们身后走了,又把两只手插进上衣两边的口袋里,用他那有些蹒跚,像一个将军刚从他奔跑的马上跳下来走路的姿势走路。到了槐林镇,天就黑了,敌人把他关到一间临时改造成的监狱里面。那房子原是一个财主家的上房客厅,靠北山墙埋上一排木柱,就形成一个宽大的木笼。黄敏儿坐在地下,把上身靠在木柱上,两只手交叉在膝盖上,把头放上去。

这一夜过得很慢。天明了,有三个小孩子闪进来,小声喊:

"黄敏儿,小黄!"

黄敏儿一瞥眼看清是槐林镇的三个同学,原先常在一起玩的,立时把头转回来对着墙。

一个孩子跑过来,伸进手去拉住黄敏儿的衣服,说:

"小黄,你这是干什么?"

另一个说:

"他以为我们全是汉奸了? 小黄,我们是他们抓来当勤务的,我们谁也不是汉奸!"

黄敏儿回过头来说:

"你们不是汉奸是什么呢?"

三个人同时回答:

"我们是抗日的儿童团!"

这时候,那个穿黑细布长衫的人也进来了。黄敏儿不知道这个人给敌人当的什么差事,好像哪里都有他。他吆喝着三个孩子走了,说是中队长已经起来了,还不快去;又对黄敏儿说:

"回来就提你,你有能耐和鬼子施展吧,可是我决不害你。"

是在中队长的房子里过的堂。黄敏儿两只手插在口袋里,微微斜仰着头;中队长坐在一张黑漆椅子上,桌子上摆满了吃过的饭菜。中队长问：

"说，你是谁的儿子？"

这时候，一个小勤务走进来，走到中队长的身边说：

"中队长，赵八庄又送了几只大红公鸡来了。"

中队长笑了笑，小勤务把桌子上的饭盒子、菜盘子拿了下去。中队长又问：

"你说，谁是你的爸爸？"

这时候，另一个小勤务走进来，走到中队长的身边说：

"中队长，翻译官那个好看的媳妇过来了，正在院子里。"

中队长赶快立起来，走到窗口的小玻璃上一看，回过头来瞪着眼说：

"哪里？"

小勤务说：

"到东屋里去了。"

中队长坐不下去了。他叫小勤务先把这个小犯人带到笼子里去。两个孩子走出来，从此，就谁也不知道黄敏儿和那三个小勤务到哪里去了。有的人为黄敏儿一天一夜没吃饭担心，可是他却不会饿着，他们带走了中队长剩下来的那些饭菜。

第二天，鬼子和汉奸们到豹子营搜捕他老师的家。可是就在那天夜里，老师和他的女人也一同不见了，谁也不知道他们跑到哪里去了。只有一天，一个抗日干部带着黄敏儿写给他父母亲的一封信，里面也有那个老师给他的老朋友的信，带过路西，带到那在黄敏儿想来是非常遥远的延安去了。

一九四三年春

老胡的事

　　一天，天快黑了，老胡同着他那一部分开到这村里来，老胡的住处是在一个铁匠的家里。吃过饭，他把背包、挂包、干粮袋，搬进房里去。和铁匠打了交道，把东西放在一边，就打扫起房子来。他打扫得很仔细，房顶上的灰土、蜘蛛网全扫净了，地上的东西，看看用不着全搬了出来，一篮破马蹄铁，一捆干豆荚，一盆谷糠，问好铁匠的女人，放在了外间。然后把土抛到远远的灰堆上去，回来打开铺盖。

　　等铁匠家吃过晚饭，他又去搬来一张桌子。桌子只有三条腿，他费了很大的事才把它支架起来。还有一个高脚凳。用白纸将桌面铺好，点上一个小灯碗，灯花很小，照在桌面上一个黄色的光圈；他就在这光圈里摊开了一本书。

　　在睡觉以前，铁匠的女人到这间屋里来坐了坐，说了几句闲话；一个十六七的姑娘在隔扇门口听着。老胡报了自己的姓名，说自己是冀中区人，工作是写字，所以离不开桌子、凳子、灯和书本。铁匠的女人说，原来和新搬走不久的老王一样，是个念书人。

　　第二天老胡很早就起来了。站在院子里辨别了方位，看了看这个居处的环境。三间的小屋建筑在村子的尽南端,地基很高,可以看得很远。小房向南开门,正对山谷的出口,临着中午的太阳。房子虽只有两方丈大小,却也开了两个窗户,就在西面一间的窗户下面,安着打铁的炉灶和一只新的风箱。

山谷是南北的山谷,在晋察冀倒算是一条宽的。一条狭窄的弯弯曲曲的小河在山谷中间的沙滩上,浅浅地无声地流过去。沙土浸透了许多水,山泉冒出许多水。除去夏天暴雨过后,两旁山上倒下大水,平常恐怕都是保持着三尺宽的河渠。谷的南口紧连着一条东西谷,那是大道,这样早,已经有骡马走过。大道那边是一条不高的平得出奇竟像一带城墙一样的山,而这条谷的北面,便是有名的大黑山,晋察冀一切山峦的祖宗,黑色,锋利得像平放而刃面向上的大铡刀。

这时,那个铁匠已经开开单扇的屋门走出来了。他的眼还没有完全睁开,借着清晨的雾露,恢复了精神。他虽然还只有三十几岁,却像四五十岁的人了,脸色干皱得像没发育得很好就遇到了酷旱的瓜秧结下的瓜的皮,纵有多少雨水再给它浇灌,也还洗刷不去那上面的暗淡,又涂着一层烟灰,就更显得瘦弱。他,中等身材,却很灵活。默默地扫除了炉灶上的灰土,用一把茅柴引着火,再加上一层煤屑,拉起风箱。等到火旺了,他才唤起妻子和孩子们。

这样,过了一刻,那被铁匠叫做梅而事实上却是梅的母亲的女人,才掩着怀出来。她长得很高大丰满,红红的脸孔,也很光润。她走过去,从丈夫手里接过风箱把,立刻,风箱的响声大了,火也更旺更红了。

太阳已经升起。老胡向南边的山坡走去。现在正是秋收快完,小麦已经开始下种的时候,坡下的地全都掘好了,一条条小的密的沟,土是黑颜色,湿的。地,拿这个山坡做依靠,横的并排的,一垄垄伸到沙滩,像风琴上的键板。山坡和山坡的中间,有许多枣树;今年枣儿很少,已经打过,枣叶还没落,却已经发黄,黄得淡淡的,那么可爱,人工无论如何配不出那样的颜色。而在靠近村庄的楸树、香椿、梧桐、花椒、小叶杨树的中间,一棵大叶白杨高高耸起,一个喜鹊的窝巢架在枝叶的正中央,就像在城市的街道中央,一个高高的塔尖上挂了一架钟,喜鹊正在早晨的阳光和雾气中间旋飞噪叫。

到铁匠一家吃早饭的时候,老胡才看出那个叫梅的姑娘十分可爱。第一天初来,忙乱间他没注意,现在他很惊异这个女孩子的秀丽。他想,这也不过是从相貌上看,一时的印象。可是从此以后,老胡越来越觉得小梅处处好;相貌俊,不过是可喜欢的一个组成部分罢了。

老胡,已经是三十岁开外的人了,在这一部分,他是最年长的一个。每天,除了伏在桌子上写字,就站在门口看铁匠一家打铁,或者到山坡去散步。一天,他从山沟里摘回几朵还在开放着的花,插在一个破手榴弹铁筒里,摆在桌上。小梅对这件事觉得好笑,她问:

"你摘那花回来干什么?"

老胡忙说:

"看哪,摆在桌子上不好看?"

小梅笑笑:

"那好看什么,有什么用呢?"

"好看就是它的用处啊!"

老胡也笑了。小梅走了出去，对她母亲学说了，母亲笑着说，可惜家里没有一个好看的花瓶，让胡同志来插花用。过一会儿，小梅拿篮子到地里去摘树叶，就顺便对老胡说：

"胡同志，你有空，还不如和我去摘树叶呢！"

小梅是她父母的长女。父母每天打马掌铁，把烧饭、打水、割柴的事，就全靠给她做了。现在秋风起来，树叶子要落了，她每天到山沟里去，摘杏叶、槐叶、楸树叶。回来切碎了，渍在缸里做酸菜。小梅对门的老太太骂她的儿子，还不如一个姑娘，小梅能爬到很高的树上去，不同别的孩子抢，默默地进行竞争。她知道哪个山沟里树多，叶子黄得晚。有时树的主人看见了，说：

"哈！小梅又弄我的树叶子了！"

小梅从树枝上俯着身子，蹙着长长的眼眉说：

"呀，我们吃点树叶还不行？你真小气！"

树主人要说：

"你摘了它的叶子，它还能长吗？"

小梅就会说：

"你不知道冬天到了，不摘，叶子也得落完了啊！春天来了，什么也少不了你的！"

小梅的身体发育得很像她的母亲，匀整，又粗壮。她的走动很敏捷，近于一种潇洒，脚步迈出去，不像平常走路，里面有过多的愉快、希望。她的身子里好像被过多的青春鼓动，放散到一举一动上，适合着她的年岁。

她整天放下东就是西，从来看不见她停下休息。老胡全看在眼里。老胡写字写到深夜，铁匠的一家全睡熟了，铁匠有时候咳嗽,孩子有时哭,女人有时说梦话,小梅只是舒畅地甜甜地呼吸。

秋末,山风很大,风从北方刮过来,一折下那个大山,就直蹿这条山谷,刮了一整夜还没停下。第二天,一起身,小梅就披上一件和她的身体绝不相称的破棉袄走出去了。那棉袄好像是她弟弟穿的,也像是她幼小时穿过的。她一边走,一边用手紧紧拉住衣角,不然就被风吹了去。里面,她还只穿着那胸前有几处破绽的蓝布褂,手里提着一个白布口袋。老胡问她母亲,知道是要去拾风落枣子,就要帮她去拾,小梅的母亲劝他穿暖和一些,不然会着凉。老胡披上他那件新发的黑布棉袄,奔到山坡上去。小梅走到山顶上了,那里风很劲,只好斜着身子走,头发竖了起来,又倒下去;等到老胡追上了,她才回头问:

"胡同志,你又去找花吗?"

老胡说要帮她去拾枣子,小梅笑了笑说:

"你不怕冷?"

风噎住她的嗓子,就赶紧回过头去又走了。老胡看见她的脸和嘴唇全冻得发白,声音也有些颤。

爬过一个山,就到了一个山沟里面,小梅飞跑到枣树丛里去。一夜风,枣树的叶子全落了,并且踪影不见。小梅跳来跳去的捡拾地下的红枣,她俯着身子,两眼四下里寻找,两只手像捡什么东西一样,拾起来就投到布袋里去。老胡也跟在后面拾。打枣时遗漏在树尖上的枣,经过了霜浸风干,就甜得出奇。小梅把这一片地里的捡完了,就又爬上一层山坡去。风把她身上的破袄吹落到地下,她回头望望老胡说:

"你给我拾起来拿着吧!"

老胡说：

"穿上，穿上！"

小梅只顾拾她的枣子，直到口袋满满的了，叫着老胡回来。到家里，老胡已经很疲倦，只和小梅的母亲夸了夸小梅能干，就到自己的房间里去了。小梅把枣晒到房顶上去，她母亲叫她赶紧吃饭，吃过饭把小园里的萝卜拔了，不然就冻了。

小梅在小菜园里拔萝卜，她拔得很快，又不显忙乱。然后装在篮子里提回来，坐在门限上切去萝卜茎和叶，把那些肥大白嫩的萝卜堆在她的脚下，又摩去它们的毛根。她工作着，不说一句话。

这样，老胡就常常想什么是爱好工作……这些事。

阴历十月底，这里竟飞了一场小雪。雪后，老胡五年不见面的妹妹，新从冀中区过来，绕道来看哥哥。这天，老胡的脸，快乐地发着红光。他拉着妹妹的手，不断就近去，用近视眼看妹妹的脸孔。他叫小鬼去买几毛钱的核桃，招待这个小的亲爱的远客。铁匠的女人也慌忙来问了，老胡向她们介绍：

"喂，房东，你看，这是咱的妹妹，今年才十七岁，可是十三岁上就参加军队了哩，在平原上跑了几个年头了！"又对靠在墙角上的小梅说："小梅，你看，我也有一个妹妹，和你同岁呀！"

妹妹也笑着说：

"哥，你房东的小姑娘多俊啊！"

老胡坐在妹妹身边，先问了相熟的同志们和家乡的情形，又问妹妹在这次反"扫荡"里的经过，什么时候过来，什么时候回去。

妹妹说，反"扫荡"开始的时候，麦子刚割了，高粱还只有一尺高。她同三个女同志在一块,其中小胡和大章,哥哥全认识。敌人合击深武饶的那天,她们同老百姓正藏在安平西南一带沙滩上的柳树林里,遍地是人,人和牲口足足有一万。就在那次小胡被俘了去,在附近一个村庄牺牲了。她同大章向任河大地区突击,夜里,在一个炮楼附近,大章又被一个起先充好人给她们带路的汉奸捉住了。她一个人奔跑了半个多月,后来找到关系,过路西来。

妹妹要赶路,说得很乱很简单。最后说,她们不久就回冀中区去,在这里只是休息休息,听一听报告……

老胡送妹妹,送了差不多有八里路才回来。别人不知道老胡心里的愉快,他好像新得到一个妹妹,不是从幼小时就要哥哥替她擦鼻涕的妹妹了,她已经不是一个孩子,是一个知道得很多又做过许多事的妹妹了。老胡兴冲冲地回来,小梅正同父亲给一个战士拉的马匹挂掌。老远就喊:

"你们看老胡可乐了,见到亲人了!"

老胡走近来笑着说:

"怎样,我这个妹妹?你也好,和她一样。你能做许多事,可是你还该向她学习,她知道很多的革命道理呀!"

他像夸奖自己的妹妹,又像安慰小梅,走到屋里去了。

这天夜里,又起了风,这间小小的草铺顶的房子,好像要颠簸滚动起来。风呼呼地响,山谷助着声威。从窗孔望出去,天空异常晴朗,星星在风里清寒可爱。感情像北来的风,从幽深的山谷贯穿到外面:几年不见的家乡的田园,今天跟着妹妹重新来到老胡的眼前了,它带着可爱的战斗的身段,像妹妹的勇敢一样。

老胡想,初秋的深夜里,几个女孩子从一个村庄走过去,机警地跳进大道沟里去（她们已经在这平坦柔软的道路上跑过几年了）。在那时,交织在平原的胸膛上的为战斗准备的道沟,能给行进的人们一种清醒振奋的刺激。向远处望去,望过那旷漠的然而被青年男女的战斗热情充实的田园、村庄、树木、声响……人们的心就无比地扩张起来。

这一晚,老胡想了很久,灯光爆炸跳跃,桌面上的花束已经干了。那个手榴弹的弹筒,被水浸透,乌黑发光。在老胡的心里,那个热爱劳动的小梅和热爱战斗的妹妹的形象,她们的颜色,是浓艳的花也不能比,月也不能比;无比的壮大,山也不能比,水也不能比了。

一九四二年十一月二十日夜记于山谷左边的小屋